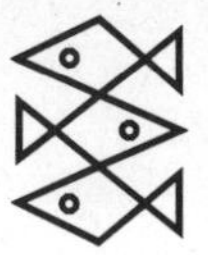

Wie die Geschichten der ›Gelben Straße‹ versetzt auch die Mehrzahl der in ›Geduld bringt Rosen‹ versammelten Erzählungen den Leser in das Wien der frühen dreißiger Jahre zurück. Mit spürbarer Anteilnahme erzählt Veza Canetti von Menschen, die in bedrückenden Verhältnissen leben. Ihr Stil ist knapp und präzis, in einer eigenwilligen Mischung aus Erzählbericht und Figurenperspektive treten die Charaktere und Situationen schon in wenigen Sätzen greifbar vor Augen. Es sind die namenlosen, die übersehenen und die durch ihre Geburt oder die Niedertracht anderer benachteiligten Menschen, denen die Aufmerksamkeit von Veza Canetti gilt. Sie erkennt ihre Individualität, gibt ihnen Namen und bewahrt die, die sie beachtet und beobachtet, in knappen, genauen Erzählungen davor, übersehen und vergessen zu werden. Veza Canetti erzählt ohne Herablassung, einfühlsam und witzig von diesen Männern, Frauen und Kindern im Wien der Zwischenkriegszeit. Und gerade das Fehlen jeder Sentimentalität macht ihre Erzählungen so anrührend und wahrhaftig.

Veza Canetti wurde 1897 als Tochter einer alteingesessenen sephardischen Familie in Wien geboren; sie gehörte zum engeren Kreis um Karl Kraus, stand aber gleichzeitig dem Austro-Marxismus nahe; Lehrerin an einer Privatschule; Veröffentlichungen in der Wiener ›Arbeiter-Zeitung‹, im Malik-Verlag und in Exil-Zeitschriften; Übersetzerin aus dem Englischen (darunter Graham Greens ›Die Macht und die Herrlichkeit‹); 1934 Heirat mit Elias Canetti; Exil in London, wo sie 1963 starb. Veza Canetti war über Jahrzehnte hinweg literarische Ratgeberin ihres Mannes Elias Canetti.
Von Veza Canetti gibt es außerdem im Fischer Taschenbuch-Programm: ›Die Gelbe Straße‹ (Bd. 10914) und ›Der Oger‹ (Bd. 11359).

Veza Canetti

Geduld bringt Rosen

Erzählungen

Fischer Taschenbuch Verlag

Veröffentlicht im Fischer Taschenbuch Verlag GmbH,
Frankfurt am Main, Dezember 1994

Lizenzausgabe mit freundlicher Genehmigung
des Carl Hanser Verlags, München und Wien

Druck und Bindung: Clausen & Bosse, Leck
Printed in Germany
ISBN 3-596-11339-3

Gedruckt auf chlor- und säurefreiem Papier

Geduld bringt Rosen

Als die Prokops Rußland verließen, versteckten sie ihren Schmuck auf folgende Art und Weise. Bobby, der Sohn, hielt in der Hand einen ausgehöhlten Stock, dick wie er selbst. In die Höhlung kamen Smaragde, Rubine und fleckenreine Diamanten. Frau Prokops Schirmgriff war ein Mops mit einer Krause. In seinem Kopf ruhten zwei Paar Ohrgehänge. Tamara, die Tochter, trug einen Herrenschirm. Im Griff schlängelte sich eine Riviere. Die Messerklinge zum Schneiden des Fleisches klappte in ein breites Gehäuse. Es barg ein Vermögen. Nur Ljubka, die Waise, hatte nichts bei sich. Neben ihr lagen die Lebensmittel, und Frau Prokop gab ihr auch noch die Weißbrötchen in Verwahrung.

Die Kommission fand nichts Nennenswertes vor. Nach der Untersuchung fiel es den Mitreisenden plötzlich auf, was für eine schöne Frau Frau Prokop trotz ihren Jahren noch war, so sehr belebte sie sich plötzlich. Ihre hohe volle Gestalt bebte. Sie sah gepflegt aus. Aber ihre Gepflegtheit erinnerte nicht etwa daran, daß sie täglich ihr Bad nahm und auf duftige Wäsche Wert legte, ihre runden Wangen wie Milch und Blut zeigten vielmehr nur, daß sie jeden Tag ihres Lebens den süßen Schlaf bis zu Ende schlief, daß sie sich nie den Magen füllen mußte, sondern sich planmäßig ernähren konnte.

Noch keine Gehstunde von der russischen Grenze entfernt, nahm Frau Prokop ihrer Nichte den großen Sack mit Weißgebäck weg. Hastig brach sie ein Brötchen auf und zog mit lüstern bebenden Nasenflügeln einen Ring aus dem Teig, einen Ring mit haselnußgroßem Diamenten. Verblüfft sahen alle auf den Ring. Ljubka erbleichte. »Aber Tantchen, darauf steht doch Todesstrafe!«

»Die Unschuldigen schützt Gott«, sagte Frau Prokop, zeigte auf Gott, der offenbar ober dem Gepäcknetz thronte, und gab ihr ein abgebrochenes Stück von der Semmel. Dann öffnete sie der Reihe nach jedes einzelne Stück und füllte die Taschen mit Geschmeide.

Ljubka sagte nichts weiter, stand auf und versteckte sich auf dem Gang. Hier weinte sie noch nachträglich vor Schreck, und vielleicht weinte sie auch, weil sie keine Eltern hatte und überhaupt niemanden, der sie beschützte, denn die einzigen Menschen, in deren Schutz sie stand, hatten sie soeben ohne viel Federlesens in Todesgefahr gebracht.

Tamara blickte indessen bald zum Fenster hinaus, ob die Grenze auch wirklich überschritten sei, bald auf den Korridor, ob dort nicht die Kommission noch lauerte, und zuletzt blickte sie auf den reichen Schmuck, der sich anhäufte, und sagte nervös: »Laß das doch, Mama!«

Bei diesen Worten horchten die Mitreisenden auf, so sehr staunten sie über den Kontrast, den ihre Stimme zu ihrem Gesicht bildete. Noch eben hatten sie sie mit der Schwester der Zarin verglichen, und als Tamara jetzt schwieg, waren sie wieder geneigt, ihre feinen Züge zu bewundern, da wurde die erste Station nach der Grenze ausgerufen.

Hier entnahm Frau Prokop ihrer Tasche einen großen, hellen Brillantring und reichte ihn vielsagend ihrer Tochter hin, und jetzt erschraken die Mitreisenden. Denn Tamara lachte.

Welche Verzerrung in dem feinen Gesicht! Grobe Linien, nacktes Zahnfleisch, Falten bis zu den Schläfen und vor allem die Ohren, die Ohren wurden plötzlich sichtbar wie bei einem Hund, dem man die Lappen zurückstreift, gerkümmte, braune Höhlen waren die Ohren, und dieses ganze Lachen zeigte nichts von Freude, sondern eben eine Kargheit, die es nicht verbergen konnte. Es war nicht leicht zu erraten, womit Tamara kargte.

Das Lachen verschwand sogleich von Tamaras Gesicht, und die Mitreisenden fühlten sich erleichtert. Als sie in der nächsten Station ausstiegen, begann Frau Prokop Bobbys Stock zu entleeren. Der ganze Schmuck kam jetzt in ein bereitgehaltenes Täschchen, das Frau Prokop keine Minute aus der Hand ließ.

Von Karlsbad aus reiste die Familie nach Wien. Hier kauften sie eine Fünfzimmerwohnung und ließen sie von einem modernen Architekten neu adaptieren. Eingebaute Möbel, Etagenheizung, elektrisches Bad, taghelle Beleuchtung mit Abblendscheiben. Tamara liebte es, den Gästen ihren Komfort zu erklären. »Da kann man sich unmöglich die Augen verderben«, sagte sie jedesmal über die Beleuchtung mit Abblendscheiben. Nur über die Tapeten gerieten Mutter und Tochter in Streit. Frau Prokops verstorbener Mann hatte vor dem Umsturz zwei Fabriken (als sie beschlagnahmt wurden, traf ihn der Schlag), und Frau Prokop konnte sich diese zwei Fabriken nicht abgewöhnen. Sie bestellte Salubratapeten, aber da wurde Tamara energisch. Sie bestellte die Salubratapeten ab, denn wenn man auszog, konnte man sie nicht mitnehmen, sie ließ tünchen, Seidenimitation, das kostete auch genug.

Tamara duldete kein Dienstmädchen. Ein Dienstmädchen sei eine große Gefahr für den reichen Schmuck, die Pelze und Valuten in der Wohnung, erklärte sie den verwunderten Gästen. Die schwere Arbeit machte Ljubka, und auch Tamara war nicht faul, sie kochte, scheuerte, stand nicht an, den Boden zu reiben, und pflegte die Mutter, die zeitweise an Hypochondrie litt; sie war zu jung für ihr Alter, das war ihre Krankheit.

Dieselbe Tamara erschien abends in Gesellschaft, von einem Nerzpelz und Kavalieren umschmeichelt (Nerzpelze gibt es nur gezählte), und nur ihre Hände glänzten etwas roh, die Haut erinnerte an Hühnerfüße, die Nägel waren gekrümmt, aber das bemerkte niemand.

Bei solcher Tüchtigkeit und solchen Erfolgen ist es kein Wunder, wenn Tamara zu Hause tonangebend wurde und die Rolle des Vaters übernahm. Und sie erreichte, daß sich Frau Prokop von ihrem Sohn nicht mehr ausplündern ließ. Wenn Bobby mit Spielschulden kam, wies Tamara mit dem langen, knotigen Finger auf die fünf neu adaptierten Zimmer: »Willst du noch mehr herunterkommen?« Frau Prokop wollte nicht noch mehr herunterkommen. Bobby bekam ein für allemal ein Betriebskapital und mußte sich bequemen, etwas zu arbeiten. Seine Arbeit bestand darin, daß er ganz privat, weder an Zeit noch an

Steuerpflichten gebunden, Schmuckstücke an Bekannte verkaufte und nicht ohne Glück, denn er galt für einen lieben Kerl.

Er trug natürlich die Juwelen nicht selbst zu seinen Kunden hin, sondern stieg nur bis zu seinem Hausbesorger hinunter, der auch das besorgen mußte. Dem waren aber mit der Zeit die Aufträge ungelegen, denn in einem Haus mit vierzig Wohnungen (darunter fünfundzwanzig Herrschaftswohnungen) kam es ihm auf einen Doppelschilling nicht an. Er entschuldigte sich daher eines Tages und machte den jungen Herrn auf den unbedingt verläßlichen Kassenboten Mäusle aufmerksam, der ein Hofzimmer bewohnte, Zimmer, Kabinett, Küche. Bobby wunderte sich vorerst, daß es in dem herrschaftlichen Hause auch Hofwohnungen, Zimmer, Kabinett, Küche gab, und befahl Herrn Mäusle zu sich, wobei er mit dem Zeigefinger hinunter deutete, genau auf den Platz vor ihm. Als er den Solitär aus der Tasche zog, den der Kunde bestellt hatte, trug er doch einige Bedenken, es waren sechs Karat. Aber diese Bedenken schwanden sogleich, als Kassenbote Mäusle vor ihm stand. Bobby streifte mit einem Blick den graugewetzten Rock, das zerschlissene Hemd, arm, aber sauber, und übergab ihm dann ohne weiteres den Solitär und die Adresse, ja er legte nicht einmal Wert auf eine Bestätigung. Kassenbote Mäusle fühlte sich durch dieses Vertrauen so sehr gewürdigt, daß er den Weg am liebsten umsonst gemacht hätte. Als er aber dafür noch einen Doppelschilling bekam und ihm der junge Herr die Bestätigung, die er ordnungshalber gebracht hatte, nachwarf, sah Herr

Mäusle eine neue Periode in seinem Leben gekommen.

Und er irrte sich nicht. Er konnte wenigstens dreimal im Monat mit einem ihn so ehrenden Nebenverdienst rechnen, und der junge Herr war nicht geizig. Fand sich ein zerknüllter Fünfer in seiner Tasche, so bekam Herr Mäusle den Fünfer, und das Zerrissene machte gar nichts, es ließ sich mit Markenpapier kleben und ergab fünf blanke Silberstücke. Die Bestätigungen, die er von jedem Gang mitbrachte, häuften sich zu Hause im Schrank, er hob sie unermüdlich auf.

Diese Botengelder ärgerten Tamara nicht wenig. Erstens hatte der Bruder die Wege selbst zu machen, und dann war Ljubka da. Doch ihre Vorstellungen bei der Mutter nützten diesmal nichts. Frau Prokop war noch von früher her für Noblesse, sie verteilte selbst heimlich Trinkgelder und kleine Geschenke (sie protegierte gern), und Bobby fand einen Diener seiner Würde angemessener. Seine Schwester hielt sich für ihren Ärger ein wenig schadlos, indem sie dem Kassenboten, wenn sie ihn zufällig im Stiegenhaus traf, schnell einen Weg auflud, ohne ihn zu entlohnen. Es bereitete ihr freilich nicht die rechte Befriedigung, sie hatte Ljubka zu Hause, aber immerhin wurde Ljubka weniger abgenützt und konnte für anderes verwendet werden. Herr Mäusle aber trug eine Dankesschuld ab, denn in seiner Schuld fühlte er sich, fühlte er sich unaussprechlich.

Die Prokops verstanden es lange Zeit, ein behagliches und auskömmliches Leben zu führen, eines Tages aber entstand arge Mißstimmung. Das üppige, zufriedene Leben der Prokops wurde plötzlich gestört, weil das Pfund fiel. Und nicht nur, daß das Pfund fiel, alle anderen Valuten, in welche die Prokops einen Teil ihres Schmuckes verwandelt hatten, wurden unsicher. Eines Tages stellten sie fest, daß ein Drittel ihres Vermögens verloren war, und gerade an diesem Tage kam Bobby gegen seine sonstige Art aufgeregt nach Hause und gestand, er habe eine Spielschuld, er sei entehrt, wenn er nicht zahle.

Hier stand Tamara auf. Sie stand auf und erklärte, sie habe genug. Tamara war nicht nur am Tage die Stütze und abends die Erscheinung, sie war neuerdings auch noch mit einem schwerreichen, zwanzig Jahre älteren Advokaten verlobt, und Bobby erreichte diesmal nur, daß Frau Prokop noch nervöser wurde und sich stöhnend ins Bett legte, aber mehr erreichte er auf keinen Fall. Er mußte sich daher erniedrigen. Er mußte sich so weit erniedrigen, einem Dienstmann seine restlichen Schmuckstücke zu übergeben, die dieser ins Dorotheum trug, ja, er mußte sogar auf einen günstigen Moment lauern, um einen Pelz vom Hause fortzuschaffen, einen Sealmantel, den seine Mutter selten trug. Dennoch brachte er nicht mehr als viertausend Schilling zusammen und brauchte fünftausend. Er rief seine Kunden der Reihe nach an und bat sie, die Raten um einen Tag früher zu zahlen (Kunden kaufen jetzt nicht gegen bar), aber sie lachten ihm unangenehm ins Ohr, sie hatten im Gegenteil um Stundung bitten wollen. Verdrossen ging er durch die fünf Räume mit eingebauten Möbeln und ärgerte sich zum erstenmal über die moderne Glätte, weil sich unbemerkt nichts Nennenswertes wegschaffen ließ. Und nun mußte sich Bobby entschließen, seine Freunde, das Ehepaar Seifert, anzupumpen (peinlich, denn er spielte sich dort gern auf) und zu warten, bis die Stimmung zu Hause sich legte.

Übellaunig stieg er im Pelz die Treppe hinunter und ging durch das Stiegenhaus auf die Wohnung des Kassenboten Mäusle zu.

Kassenbote Mäusle wohnte mit seiner Frau und zwei Kindern zu ebener Erde. Vom Gang aus trat man gleich in die Küche und sah dort Möbel stehn, die mit letzter Anstrengung versuchten, wie weißlakkierte Möbel auszusehen. Das Hofzimmer war groß und peinlich sauber gehalten. In den Ehebetten schliefen Herr Mäusle, seine Frau und sein Töchterchen Steffi. Steffi, ein zwölfjähriges, sehr kleines Mädchen, hatte goldrotes Haar. Jedes mäßig hübsche Mädchen wäre durch dieses goldrote Haar zu einer Schönheit gekrönt worden, bei Steffi erhöhte es nur ihre Häßlichkeit. Es schien, daß sich alle Häßlichkeit auf Steffi kapriziert hatte. Die Nase breite Löcher, der Mund eine noch breitere Fortsetzung, die Augen waren nicht da. Man sah wohl zwei rotbraune Pünktchen, aber das leuchtete nicht, blickte nicht, sprach nicht und bedeutete nichts. Statt eines Teints hatte sie Sommersprossen. Und doch wunderte sich das Ehepaar Mäusle nicht wenig über dieses Kind, wunderte sich über den geraden Wuchs, die behenden Beinchen, die zierlichen Händchen und Füßchen, bewunderte Steffi, bewunderte sie so sehr, daß in all den Jahren dem kleinen Mädchen keine Ahnung von ihrer Häßlichkeit gekommen war.

Diese Bewunderung hatte ihren Grund zum Teil in dem ersten Kind, ihrem Söhnchen. Söhnchen ist zwar nicht die geeignete Bezeichnung. Was auf dem Sofa lag, hatte Hände. Es war aber auch das einzige, das an einen Menschen erinnerte. Sonst hatte das Wesen zwei skelettdürre, gelähmte Stangen statt der Beine, einen breiten Kasten statt der Brust, eine Glatze dort, wo Haare hingehörten, ein dunkles Fell an den nackten Stellen des Körpers und schwarze Strünke an Stelle der Zähne. Die Sprache ersetzte ein nur den Mäusles verständliches Lallen, und statt von Gedanken lebte dieses Geschöpf von augenblicklichen Eindrücken, die es in heftige Wut oder Freude versetzen konnten. Diese Kleinigkeiten nennt die Medizin »Little«. Er hat »Little«, pflegte Herr Mäusle den Ärzten zu sagen, wenn er den Buben auf die Klinik brachte. Die machten sofort ein Kreuz darüber, ließen aber den schwächlichen Mann das schwere Kind täglich auf die Klinik tragen und demonstrierten seine Unheilbarkeit.

Kassenbote Mäusle, vielfach Herr Mäuschen genannt, seine Frau nannte ihn so und das blieb ihm, Herr Mäuschen brachte jede Woche dreißig Schilling Lohn nach Hause und übergab das Geld seiner Frau. Es reichte für die einfache Kost und den Zins, denn das Kabinett war vermietet. Frau Mäusle besaß zwar keinen Hut und trug Winter und Sommer denselben gelbbraunen Mantel, aber das Ehepaar begnügte sich. Es begnügte sich, weil niemand sich fand, um sie aufzuklären: daß das Schicksal es nicht leiden kann, wenn man sich begnügt. Es nimmt und nimmt bis zum letzten Faden des Begnügsamen, bis nichts mehr zu nehmen ist. Dann gibt es Ruh. Die Anspruchsvollen aber beginnen den Kampf, und je skrupelloser ihre Mittel, um so stärker sind sie.

Ein solcher tapferer Kämpe war Bobby Prokop. Wenn ich keinen Pelz habe, friere ich, und wenn ich nicht gut speise, bin ich schlecht gelaunt, und schlecht gelaunt mache ich keine Geschäfte. Also trug Bobby einen Pelz, aß bei Sacher und war gut gelaunt.

Bis auf heute. Heute brauchte er fünftausend und hatte nur viertausend. Die Schuld aber mußte beglichen werden, sonst war er im Diamantenklub erledigt, und das bedeutete soviel wie in der Gesellschaft erledigt, in Geschäftskreisen erledigt, in der Welt erledigt.

Brutal klopfte er an die Tür des Kassenboten Mäusle.

Es muß unbedingt gesagt werden, daß das Ehepaar Mäusle eine ganz besonders hervortretende Eigenschaft besaß: es war dumm. Wer den Blick hatte, erkannte es an der verkümmerten Kopfform, den erstaunten, winzigen Augen und dem langen Pferdegesicht (sie glichen einander), und wer den Blick nicht hatte, erkannte es sofort, wenn die beiden sprachen. Die charakteristische Redensart der Frau Mäusle war ein stereotypes: »Haben Sie verstanden?«, wobei sie sich riesig wunderte, wenn man verstanden hatte, etwa daß es in der Sonne heißer war als im Schatten. Herr Mäusle war um einen Grad weniger dumm und pflegte bereits den Leuten im voraus alles zu erklären, um ihrem mangelnden Verständnis nachzuhelfen, wofür ihn Frau Mäusle grenzenlos bewunderte. Seine Redensart war »aus dem einfachen Grund« oder »denn warum?« mit nachfolgender Erklärung.

Seine Dummheit erkannte wirklich jeder und nicht zuletzt sein Chef, denn unter seinen sechzig Beamten wählte er den schlechtest bezahlten und vertraute ihm jeden Monat den Lohn für die Arbeiter einer ganzen Fabrik an, den Mäusle seit fünfundzwanzig Jahren pünktlich abliefern ging.

Bobby hatte die Dummheit dieses Menschen natürlich sofort heraus und pflegte mit ihm im Telegrammstil zu sprechen.

»Soll herkommen!« befahl er, als Frau Mäusle öffnete. Seine Sprache klang gewalttätig, trotz seiner leisen, von Fett gepolsterten Stimme.

»Das wird heute ausnahmsweise leider nicht gehen«, sagte von drinnen Herr Mäusle und kam nicht heraus. Seine Stimme klang vertrocknet wie eine Tür, die in den Angeln knarrt.

»Warum?« rief Bobby ungeduldig.

»Er hat nämlich«, sagte Frau Mäusle leise, »das Geld für die Fabrik nach Hause gebracht, da rührt er sich nicht aus dem Zimmer, wenn das Geld drin ist, haben Sie verstanden?«

»Was für ein Geld?« Bobbys gutturale Stimme wurde sanft.

»Das Geld für die Fabrik«, flüsterte sie ehrfürchtig.

Bobby führte seinen eleganten Pelz durch die ärmliche Küche und mußte auch noch den Idioten über sich ergehen lassen. Der richtete sich erfreut grunzend vom Diwan auf und machte närrische Grimassen, vor Entzücken über den dicken Herrn im Pelz, den ihm ganz unbekannten Geruch von Pomade, Eau de Cologne und Coty-Parfum, der dem Raum eine Ahnung von Reichtum und Glück gab. Das rothaarige Mädchen stand zitternd in einer Ecke. Es zitterte vor Erregung über den vornehmen Herrn.

»Warum können Sie den Weg nicht machen?«

»Ich kann heute ausnahmsweise leider nicht weggehen«, sagte Herr Mäusle, »weil ich zu Hause bleiben muß.«

»Und warum?«

»Aus dem einfachen Grund«, sagte Herr Mäusle, »weil er das Geld im Kasten hat«, fiel seine Frau ein.

»Welches Geld?«

»Das Geld, das ich morgen um 5 Uhr in die Fabrik bringen muß.« Herrn Mäusles Augenlider zuckten, so sehr beschämte ihn seine Ungefälligkeit.

»Sehr unangenehm.« Bobby fiel etwas schwer in den Sessel. Er atmete träge. »Ich brauche Sie nämlich dringend.« Von seinem dicken Frauengesicht stachen jetzt die Mundwinkel ab. Sie waren plötzlich erstaunlich energisch.

»Das ist mir wirklich leid«, beteuerte Herr Mäusle und zuckte immerwährend mit den Lidern, es sah aus, als ob er weinen wollte, »aber ich darf mich nicht wegrühren. Denn warum? Meine Frau ist mit den Kindern allein, es können Einbrecher kommen und das Geld wegstehlen.«

»Wieviel ist es denn?«

»Dreißigtausend Schilling«, sagte Mäusle mit Würde.

»Da fällt mir etwas ein. Wenn Sie mir den Weg nicht machen wollen und das Geld erst morgen in die Fabrik tragen, können Sie mir ja tausend Schilling borgen, die ich momentan dringend brauche. Ich habe sie bei meinem Freund liegen, zu dem ich Sie jetzt schicken wollte. Ich bringe Ihnen das Geld noch heute abend, in drei bis vier Stunden bekommen Sie es.«

»Das kann ich doch nicht.« Herr Mäusle lachte über die Naivität des jungen Herrn.

»Warum nicht?«

»Aus dem einfachen Grund, weil es nicht mir gehört.«

»Aber ich borge es mir doch nur aus! Nur auf einige Stunden! Davon erfährt niemand etwas, oder trauen Sie mir nicht?«

Herr Mäusle war tief gekränkt. Er strengte seinen kleinen, wie mit einem Messer abgeschnittenen Kopf an, um sich begreiflich zu machen, es sah aus, als ob er weinen wollte, endlich kam ihm die Erleuchtung.

»Ich kann Ihnen das Geld nicht geben, junger Herr, aus dem einfachen Grunde, weil ich es nicht herausnehmen kann. Das Kuvert ist doch zugeklebt.«

»Zeigen Sie her!«

Froh über die Möglichkeit, sich zu rechtfertigen, eilte Mäusle zum Schrank, zog aus der Brusttasche zwei Schlüssel, sperrte den Schrank auf, sperrte eine Truhe auf und entnahm ihr ein großes, dickes Kuvert. Es war fest verklebt.

»Das kann man aufmachen.«

»Das darf man nicht, das darf man nicht aufreißen!« Herr Mäusle sprach ängstlich wie ein Schulknabe.

»Wer spricht von Aufreißen? Das kann man öffnen und wieder zukleben, ohne zu reißen!«

Frau Mäusle stand fassungslos vor Staunen. »Wie kann man denn das machen?«

Herr Mäusle griff nach dem Kuvert.

»Fürchten Sie sich nicht«, sagte Bobby beleidigt und zog einen Bleistift heraus. »Sehen Sie«, er blickte freundlich zu Frau Mäusle hin und zog den Stift langsam durch die beklebten Stellen.

Auch das Siegel löste sich unversehrt.

Das Geld, große Päckchen Banknoten zu hundert und tausend Schilling, lag offen. Frau Mäusle riß die Augen auf. Aber nicht über das viele Geld, das machte ihr keinen Eindruck, denn es gehörte nicht ihr, sie staunte nur, daß man einen Brief öffnen konnte, ohne ihn zu zerreißen.

Bobbys Nüstern bebten.

»Sie müssen es sofort zukleben, junger Herr!« Die Haut um seine Augen zog sich zusammen wie bei einem Säugling, der weint.

»Sehen Sie«, er bog das Kuvert auf und zog die Scheine heraus. »Hier borge ich mir tausendfünfhundert Schilling aus.« Bobby hatte beschlossen, mit den restlichen Fünfhundert zu spielen, zu gewinnen und das Geld noch in der Nacht zurückzuzahlen.

»Das Geld ist Ihnen sicher!«

»Aber ich muß ja morgen um fünf Uhr früh auf der Bahn sein, ich muß in die Fabrik fahren, ich kann Ihnen das Geld nicht geben, junger Herr!«

»Beruhigen Sie sich, Sie werden in der Fabrik sein! Damit Sie keine Angst haben, bringe ich es Ihnen noch heute nacht. Heben Sie es auf.« Er wies auf das Kuvert mit dem Geld, und Frau Mäusle legte es gehorsam in die Truhe. »Niemand erfährt etwas davon, verstanden! Ich werde nichts davon erzählen und Sie auch nicht, und das Geld bekommen Sie bestimmt.« Bobby hob sich und den schweren Pelz, winkte hoch oben mit der Hand dem todesängstlichen Herrn Mäusle zu, der Frau Mäusle, die unbesorgt lachte, dem Idioten, der vor Freude jauchzte, und nur das zitternde Mädchen in der Ecke übersah er.

Als sich die Tür hinter ihm schloß, hatte Herr Mäusle zum erstenmal einen Gedanken, der sich mit dem eines weniger dummen Menschen messen konnte. Er sagte sich nämlich, daß er das Geld nicht bekommen werde. Dennoch saß er die ganze Nacht auf und wartete. Er wartete, und die Säuglingsfalten um seine Stirn vertieften sich, bis er in seinem höchsten Gram wieder einen Einfall hatte, der ihn ein wenig tröstete. Ihm fiel ein, daß er unschuldig sei, daß er seine Hände nicht beschmutzt hatte, daß ihm nichts geschehen konnte.

»Herr Mäuschen, leg dich doch schlafen!« Er rührte sich nicht. Er hörte auf Schritte am Gang, blickte auf die Uhr, auf die Dämmerung draußen und wartete. Um vier Uhr früh nahm er das Kuvert heraus und besah es. Er klebte es zu, es sprang auf. Er rührte etwas Leim an und bestrich die Ränder. Um halb fünf machte er sich auf den Weg zum Bahnhof. Diesmal trug er die Tasche nicht so vorsichtig wie alle Monate seit fünfundzwanzig Jahren, er trug sie, als wäre nichts mehr wert, was darin lag, als hätten achtundzwanzigtausendfünfhundert Schilling keinen Wert.

In der Fabrik bekam Mäusle sofort die Quittung, doch statt sie ins Geschäft zu tragen, ging er gleich nach Hause. Er aß nichts, und auf die Fragen seiner

Frau gab er keine Antwort. Nach Tisch nahm er Hut und Mantel und ging in das Vorderhaus, die Herrschaftstreppen hinauf. Schüchtern klopfte er bei Prokops an und verlangte den jungen Herrn zu sprechen.

»Er ist nicht zu Hause«, sagte Ljubka.

»Ich muß ihn aber sprechen.« Herr Mäusle begriff offenbar nicht, daß dies nicht gut möglich war.

»Er ist seit gestern nicht nach Hause gekommen«, erklärte Ljubka sanft.

»Ich muß ihn aber sprechen«, bestand Herr Mäusle eigensinnig, »weil ich das Geld abliefern muß. Wenn ich das Geld nicht abliefere, verliere ich doch meinen Posten!«

»Welches Geld?« fragte eine harte Stimme.

»Das Geld, das sich der junge Herr von meinem Chef ausgeborgt hat!«

Herr Mäusle pflegte immer in so höflichen Formen zu denken.

»Er ist nicht da«, sagte Tamara kurz und schlug die Tür vor ihm zu.

Herr Mäusle ging auch jetzt nicht ins Büro, sondern wieder zurück in sein Hofzimmer, setzte sich stumm nieder und wartete.

Mit Bobby hatte sich indessen folgendes zugetragen. Er war in den Klub gefahren, und während er in der Garderobe den Pelz ablegte und dem Garderobier die Handschuhe hinwarf, sprachen die jüngeren Mitglieder des Klubs über ihn und schlossen Wetten ab, ob er kommen würde oder nicht. »Er kommt nicht«, sagte ein Spielpartner, derselbe, dem er das Geld schuldete. Genau da öffnete Bobby die Tür mit dicken Fingern, zwängte seinen opulenten Körper durch und begrüßte mit geröteten Wangen und etwas reserviert die Gesellschaft. Er ließ sich Zeit, um die Spannung auszukosten, und wechselte höflich Redensarten aus. Als Kommerzialrat Ranzberg und Hofrat Wolf vorübergingen, griff Bobby, wie wenn er sich plötzlich erinnerte, in seine Brieftasche, verneigte sich tief vor den beiden Herren und legte etwas nonchalant seinem Spielpartner die Scheine hin, legte sie hin, als wäre er beleidigt worden, als hätte dieser Bobbys Einfluß, Ehre und Vermögen angezweifelt. Dann wandte er sich den beiden Räten zu, die äußerst liebenswürdig mit ihm sprachen, und als diese gegangen waren, schlug Bobbys glücklicher Spielpartner ein Jeu vor. »Ich muß dir unbedingt Revanche geben«, fand er, und die anderen fanden es auch. Und jetzt wurden Bobbys Mundwinkel erstaunlich weichlich, sein ganzes dickes Gesicht wurde eine einzige runde Fleischmasse, nicht unähnlich dem opulenten Körperteil, auf dem er saß; denn das war das Bezeichnende an seinen Entschlüssen, daß sie nur dort stark waren, wo sie für sein Behagen eintraten. Mit diesem weichen Gesicht deutete er lachend auf seine Brieftasche, deutete ihren traurigen Zustand an, und das konnte er mit Würde, denn wer legt am Letzten des Monats fünftausend Schilling bar auf den Tisch? Das würdigten auch alle, nicht zuletzt der glückliche Spielpartner, der sofort seine fünftausend Schilling eingesteckt hatte, von diesen aber jetzt tausend Bobby geradezu aufdrängte. Bobby sah sich, wie er das Geld in das spolierte Kuvert zurücklegte, das Geld in seiner Tasche dazu, und er sah es um so deutlicher, als er genau wußte, daß ihn selbst die Schande traf, wenn es fehlte. Nur war zum Unglück das Zimmer des Kassenboten Mäusle ein dunkles Loch, der Mann ein armer Schlucker, Bobby aber befand sich in einem strahlend beleuchteten, bordeauxrot gepolsterten Saal, und auf ihn zu trat Graf Schlicker und lud ihn mit einer feinen Verneigung zum Spiel ein. Bobby hielt tausend Schilling in der Hand, dachte an das viele Geld zu Hause, das zum Drittel sozusagen auch ihm gehörte, Valuten, Schmuck, Pelze, er dachte an sein Renommee, er zerfloß in Ehrfurcht vor der Hoheit und ging spielen...

Er gewann nicht und wurde mißgestimmt. Er hätte jetzt um keinen Preis einen Pump versuchen können, es wäre zu kläglich ausgefallen. Da schlug der Graf eine Bar vor. Bobby ließ sich treiben. Etwas willenlos ging er mit denen, die Geld in der Tasche hatten, denn ohne sie war er erst recht verloren. In der Bar, nach etlichen Getränken, wurde er sehr heiter und zuversichtlich, begoß diese Freude, alles um ihn glänzte, und als er erwachte, war es heller Tag und er lag in einer fremden Umgebung in der Wohnung einer mondänen, ultraschicken jungen Dame und befand sich dort nicht allein. Die ganze Bargesellschaft kollerte herum, auf Lotterbetten, improvisierten Lagern, Fauteuils, Teppichen, Bobby selbst lag auf dem Boden, einen Haufen Kissen neben statt unter sich.

Wie man war, ging man ins Dianabad, um den Kater loszuwerden, und dann dinierte man bei Zykan. Bobby nahm sich mehrmals einen Anlauf, den

Spielpartner anzupumpen, aber ihm war katzenjämmerlich zumute, er brachte kein Wort über die Lippen.

Gestärkt von einem vorzüglichen Diner bei Zykan, inmitten der eleganten Umgebung, von allen geachtet und geliebt, hatte Bobby nicht die Fähigkeit, sich vorzustellen, daß es bedenklich sein sollte, wenn er, Bobby Prokop, sich für einen Tag etwas Geld ausgeliehen hatte, das er ohnehin zurückzahlen würde. Er blieb bis spät nachts in der Gesellschaft und kehrte heim mit dem festen Vorsatz, seiner Mutter morgens heimlich alles zu gestehen und die Angelegenheit zu ordnen. In der Tasche trug er übrigens noch sechshundert Schilling, es stand nicht so schlimm.

Herr Mäusle war indessen ruhig zu Hause sitzen geblieben und wartete. Er wartete, daß es kam, und es kam. Es kam der um einen Grad höher stehende Angestellte der Firma, Herr Garaus, trat ein, sah die ärmliche Behausung und wußte sofort, daß Mäusle das Geld genommen hatte, denn wie sollte ein Mensch nicht stehlen, der so arm war? Er trat daher auf ihn zu und sagte:

»Wissen Sie, daß in der Fabrik Geld abgängig ist?«

»Ja, das weiß ich!« sagte Herr Mäusle.

»Ah, da schau her!« Der Angestellte trat einen Schritt zurück. »Haben Sie das Geld genommen?«

»Nein, das Geld hab' ich nicht genommen.«

»Woher wissen Sie dann, daß es fehlt?« sagte er schlau und näßte die Unterlippe.

»Ich weiß, daß es fehlt, aber ich habe es nicht genommen.«

»Kommen S' ein bisserl mit, Herr Mäusle!«

Herr Garaus betrachtete noch einmal die ärmliche Wohnung, das kahle Zimmer, die verschämten Küchenmöbel, die abgesprungene Gangtür und dachte zufrieden an seinen Bruder, der seit zwei Jahren arbeitslos war und den er vorschlagen würde.

Der Chef der Leihwaggongesellschaft glaubte so wenig an eine Unterschlagung, daß er gar nicht nachfragen ließ, als Mäusle vormittags mit der Quittung nicht kam. Er wird krank sein, sagte der erste Prokurist, und einige Angestellte, die es hören konnten, nickten. Später wurde von der Fabrik telephoniert, und selbst da ließ der Chef fragen, ob nicht eine Schlamperei vorliege. Hier hängte man etwas gedämpft auf und begann die Untersuchung. Sie ergab ein spoliiertes Kuvert und Bleistiftspuren. Der Chef schickte sofort in die Wohnung seines Kassenboten.

Als Mäusle eintrat, war der Chef über vier Vorlagen geneigt, die er miteinander vergleichen mußte. Römisch eins, Punkt A, Punkt B, Punkt C und so weiter. Gerade hielt er bei Römisch eins, Punkt C. Mit den Fingern der linken Hand bezeichnete er den betreffenden Punkt auf Vorlage eins und zwei, mit der Rechten hielt er den Bleistift auf Punkt C, Vorlage drei, die bezüglichen Stellen in Vorlage vier mußte er aber mit dem Auge suchen, und das machte ihn nervös. Mäusle stand eine Weile, ehe der Chef ihn bemerkte. Da hob dieser den Kopf.

Beim Anblick seines redlichen Pferdegesichtes und seiner dummen Augen wußte der Chef sofort, daß sein alter Diener Mäusle das Geld nicht genommen hatte.

»Er weiß, daß es fehlt, aber er hat es nicht genommen«, sagte Herr Garaus jesuitisch lächelnd.

»Gewiß hab' ich es nicht genommen«, bestand Herr Mäusle etwas gereizt.

»Sie haben das Geld nicht genommen?«

»Nein, ich habe das Geld nicht genommen.«

»Ist Ihnen bekannt, daß es fehlt? Rasch!«

»Ja, gewiß ist mir bekannt, daß es fehlt, ich hab' doch selbst gesehen, wie der junge Herr es herausgezogen hat!«

»Welcher junge Herr? Rasch!«

»Der junge Herr, der zu mir in die Wohnung gekommen ist.«

»Ist Ihre Frau Bedienerin? Erzählen Sie rasch!«

»Nein, meine Frau ist nicht Bedienerin, warum denn? Der Engelbert muß immer liegen, und wenn er allein ist, tobt er. Was tu' ich dann, wenn sich die Parteien beim Hausherrn beschweren? Er ist sonst ein sehr gescheites Kind, aber er wird manchmal ungeduldig, weil er gelähmt ist...«

»Aber wer hat das Geld genommen, rasch, rasch! Wie heißt er?«

»Das kann ich nicht sagen, wie er heißt.«

»Ja wissen Sie es denn nicht?«

»Ich weiß es schon, aber ich kann es nicht sagen, aus dem einfachen Grund, weil es dem jungen Mann unangenehm wäre.«

Darüber vergaß der Chef, den Bleistift auf Punkt C zu halten. »Was! Sind Sie übergeschnappt? Sie verlieren Ihren Posten! Ich laß Sie einsperren!«

»Herr Chef, ich hab' das Geld wirklich nicht genommen.« Seine winzigen Augen blickten ängstlich drein.

»So *sagen* Sie doch, *wer* es hat!«

»Das kann ich nicht sagen«, erwiderte Mäusle, »aus dem einfachen Grund, den ich schon gesagt habe.«

»Sie sind entlassen!« Der Chef war sehr verärgert, weil er jetzt alle Punkte verloren hatte und wieder von vorn beginnen mußte.

»Ich hab' das Geld wirklich nicht genommen!«

»Gehn Sie!« Mäusle wurde hinausgeführt.

Er ging nach Hause, aß nichts zu Abend und ließ sich von seiner Frau überreden, ein wenig zu schlafen. »Morgen bringt der junge Herr das Geld, und alles wird gut, verstehst du, Herr Mäuschen!«

Herr Mäuschen legte sich nieder und wartete ergeben, bis er einschlief. Am nächsten Morgen erwachte er spät. Kaum war er gewaschen und angezogen, so erschien auch wirklich der junge Herr. Er war frisch gerötet und gut gelaunt.

»Ich bin gekündigt worden, junger Herr!«

»Warum denn?«

»Weil das Geld gefehlt hat.«

»Aber Sie werden es ja zurückgeben«, sagte Bobby geärgert und bohrte die Mundwinkel ein. »Ich habe es mitgebracht.«

»Es ist zu spät, ich bin entlassen!«

»Haben Sie gesagt, daß ich das Geld genommen habe?«

»Nein, das habe ich nicht gesagt, denn warum? Es wäre Ihnen doch unangenehm gewesen, wenn ich Ihren Namen genannt hätte.«

»Sie hätten ihn ruhig nennen können, dann wären Sie nicht entlassen worden, das war ungeschickt von

Ihnen.« Bobby machte ein strenges Gesicht. »Jetzt hat es allerdings keinen Sinn mehr, jetzt sagen Sie nichts von mir, wir hätten nur neue Scherereien davon. Hier sind fünfhundert Schilling, den Rest bringe ich nach Tisch. Sie tragen das Geld hin, und alles ist geordnet.«

»Das wird mir nichts nützen, junger Herr, ich bin ja entlassen, sie haben ja schon einen Neuen.«

»Lächerlich, man muß Sie zurücknehmen. Was haben Sie übrigens gezahlt bekommen?«

»Hundertzwanzig Schilling.«

»Hundertzwanzig Schilling die Woche, das ist wenig.«

»Hundertzwanzig Schilling monatlich!«

»Hundertzwanzig Schilling monatlich!« Bobby war wirklich erstaunt. »Das ist ja ein Glücksfall, daß Sie gekündigt worden sind! Hundertzwanzig Schilling! Wie lange arbeiten Sie bei der Firma?«

»Seit fünfundzwanzig Jahren.«

»Und da bekommen Sie hundertzwanzig Schilling monatlich! Bei Ihren Fähigkeiten! Sie müssen das Vierfache bekommen! Sie werden es bekommen! Lassen Sie sich vom Chef nicht beschwatzen, selbst wenn er Sie zurücknehmen will! Hundertzwanzig Schilling bei Ihren Fähigkeiten!«

»Hast du verstanden, Herr Mäuschen! Du mußt mehr bekommen! Schauen Sie sich seine Schrift an, junger Herr!«

»Natürlich! Diese Schrift! Wenn Sie mir diese Schrift vorige Woche gezeigt hätten, vorige Woche hätte ich Sie in einer Bank untergebracht. Aber das haben Sie gar nicht nötig, schreiben Sie Offerte, Sie bekommen einen glänzenden Posten! Zehn Posten!«

Mäusle sah verdutzt drein. Seit fünfundzwanzig Jahren war ihm nicht *einmal* dieser Gedanke gekommen. Hundertzwanzig Schilling nach fünfundzwanzig Jahren, das war wirklich sehr wenig. Wenn er ein Zeugnis bekam, konnte er sich seine Lage bedeutend verbessern. Er geriet in eine Art Rausch.

»Hast du verstanden, Herr Mäuschen?« Sie lachte glücklich, und Mäusle ging sofort ins Büro und ließ sich beim Chef melden.

»Hier sind fünfhundert Schilling, und nach Tisch bringe ich den Rest.«

»Das ist Schadensgutmachung«, dachte der Chef, er hat das Geld also doch genommen.

Als aber Mäusle am Nachmittag wirklich die tausend Schilling brachte, befielen ihn wieder Zweifel.

»Na sehen Sie, jetzt können Sie mir doch auch sagen, Mäusle, wer das Geld genommen hat«, sagte der Chef fast wohlwollend.

»Das kann ich leider nicht sagen«, bestand Mäusle, »aus dem einfachen Grund, weil der junge Herr mein Wohltäter ist.«

»Wissen Sie, daß das strafbar ist? Ich kann Sie einsperren lassen!«

Mäusle schwieg ergeben.

»Das kostet Sie Ihren Posten!« Der Chef sperrte den Tausender in die Lade. »Lassen Sie sich Ihren Lohn auszahlen und gehen Sie!«

»Herr Chef, ich möchte den Herrn Chef vielmals um ein Zeugnis bitten«, sagte zur Verwunderung des Chefs Herr Mäusle mit der zufriedensten Miene der Welt.

»Sie bekommen ein Zeugnis und den vollen Monatslohn. Haben Sie denn schon einen andern Posten?«

»So gut wie sicher«, sagte Mäusle glücklich.

Der neue Kassenbote, Herr Garaus, der Bruder des nächsthöheren Angestellten, begleitete Herrn Mäusle übereifrig hinunter, froh, daß er keine Schwierigkeiten machte.

Noch am selben Abend erhielt Mäusle den Besuch des jungen Herrn. Der junge Herr brachte ihm hundert Schilling. »Hier ist Ihr Betriebskapital. Spesen haben Sie ohnehin keine, schreiben Sie nur Offerte.«

»Und wir haben auch noch den Lohn für den ganzen Monat ausgezahlt bekommen«, sagte Frau Mäusle eifrig.

»Da können Sie ja fein leben!« Bobby war sehr zufrieden, daß man keine Ansprüche stellte. Und dann ging er, und bei der Tür war die Familie Mäusle vergessen.

Für Mäusle begann eine wichtige Zeit. Täglich setzte er sich schon zeitlich morgens mit einer Zeitung hin und schrieb wie gestochen Offerte. Er schrieb bis Mittag, trug sie selbst zur Administration, um Marken zu ersparen, schrieb, bewundert von seiner Frau, bewunderte sich selbst dabei und bekam nie eine Antwort.

Seine Freunde vom Sparverein setzten sich für ihn ein, die Nachbarn von den Hofwohnungen, ein Angestellter der Leihwaggongesellschaft, den er aufgesucht hatte, aber er bekam keinen Posten. Zu seinem früheren Chef wagte er sich nicht hin, und das war gut. Denn der Chef brauchte genau sechzig Angestellte und um keinen mehr. So trug man die goldene

Uhr ins Dorotheum, die Frau Mäusle von ihrer Schwester geerbt hatte, dann ihren silbernen Hochzeitsbecher, dann den Wintermantel von Herrn Mäusle, es war schon warm, dann die gute Tischdecke, dann die Bettwäsche, und dann war nichts mehr da, und man begann mit Schulden beim Greißler und Bäcker, bis man in der Gegend nicht mehr einkaufen konnte und Frau Mäusle mehrere Straßen weit laufen mußte, um Brot und Kartoffeln zu holen. Und gerade jetzt gab der junge Herr keine Aufträge mehr.

Eines Tages, als Frau und Kinder schliefen, sah Herr Mäusle das kahle Zimmer an, die nackten Matratzen, auf welchen er lag, die zerschlissene Decke, mit der sein Sohn, der Krüppel, zugedeckt war, den unförmigen Kopf dieses Kindes, die mächtigen Beinschienen, die in der Ecke standen und gar nichts geholfen hatten, das kleine Mädchen, das blutleer und mit Schrumpfmagen neben ihm kauerte, und die Frau, die immer noch seine Fähigkeiten bewunderte und zuversichtlich und fest schlief. Er sah das alles, stand ganz leise auf, ging in die Küche und sperrte das Zimmer von außen ab.

Nach einiger Zeit erwachte Frau Mäusle und spürte einen Belag auf der Zunge. Sie sah zu dem Mann hin, das Bett war leer. Sie lief zur Küchentür, sie war versperrt. Durch die Ritze drang Gas. Sie riß das Fenster auf und schrie um Hilfe, der Portier kam, die Nachbarn kamen, die Feuerwehr kam, Herr Mäusle kam ins Spital, und eine Notiz kam in die Zeitung. Zum Unterschied von den täglichen lakonischen Notizen über Lebensmüde stand diesmal noch: »Auffallend war die peinliche Sauberkeit in der mehr als ärmlichen Behausung.«

Aber Herr Mäusle starb nicht. Er bekam eine Lungenentzündung, und als diese vorüber war, wurde er in häusliche Pflege gegeben. Seine Frau hatte indessen eine Maschine entlehnt und übernahm Näharbeiten, sie verstand sich darauf.

Als die Kontrolle kam und sah, daß hier genäht wurde, entzog man Herrn Mäusle die Arbeitslosenunterstützung. Frau Mäusle tat die Bemerkung, da wolle sie lieber nicht mehr nähen, denn sie verdiene weniger, als die Unterstützung betrage. Diese unvorsichtige Bemerkung wurde protokolliert.

Mit Herrn Mäusle ging es rapid bergab. Er lag im Bett, hustete, spuckte und verbreitete Tuberkelbazillen über die neben ihm liegende kleine Tochter. Da diese zu husten begann, wurde Herr Mäusle wieder ins Spital gebracht.

Diesmal durfte er nicht heraus, und das war gut, denn Frau Mäusle hatte seinen Anzug versetzt. Sie arbeitete von fünf Uhr früh bis zwölf Uhr nachts und verdiente nur auf Brot und Kartoffeln. Die Nachbarn, die auch Hofwohnungen hatten, halfen aus und führten entrüstete Reden über die Urheber dieses ganzen Unglücks oben im Stock, aber es half nichts, denn wer hört auf Hofwohnungen! Auch die Herrschaften in den Herrschaftswohnungen hatten von dem Selbstmordversuch und dem Zusammenhang gehört. Da aber die Familie Mäusle ein unangenehmer Anblick war, Herr Bobby aber ein sehr angenehmer, wenn er elegant gekleidet die Treppe hinunterstieg und liebenswürdig grüßte, da die Prokops die schönste Wohnung des ganzen dreiteiligen Häuserkomplexes besaßen, sagten die Herrschaften zu ihren Dienstmädchen, die Geschichte werde sich etwas anders zugetragen haben, man wisse ja, wie Gerüchte entstehen, und sie grüßten Frau Prokop besonders teilnahmvoll und blickten dem jungen Herrn besonders freundlich in die Augen, die Herren mit einem gewissen solidarischen Einverständnis, das besagte, man werde sich von den Proleten nicht zugrunde richten lassen.

Nur einmal hatte Frau Prokop einen Schock. Als sie gerade vom Einkauf kam, Delikatessen besorgte sie gern selbst, sah sie etwas Entsetzliches.

Auf ihrer Wohnungstür war ein Totenkopf aufgemalt, darunter kreuzten sich zwei Knochen, und als Erklärung dienten folgende drohende Verse:

Den schaut gut an, ihr frechen Reichen,
Der wird euch bald das Herz erweichen.

Frau Prokop hielt diesen Totenkopf für ein böses Vorzeichen, bekam Schreikrämpfe und legte sich todkrank zu Bett. Ljubka mußte sofort die schreckliche Zeichnung abwischen, und Frau Prokop ließ sich nochmals von ihrem Sohn, der etwas kleinlaut war, die ganze Sache erzählen.

»Daß du die größte Schande über uns gebracht hast, ist evident«, sagte Tamara, »aber nicht wegen des Kretins. Denn wenn es ein Mensch in sich hat, kann er nackt auf die Straße treten und wird im Pelz mit Auto heimkommen, und wer es nicht in sich hat, geht auf alle Fälle zugrunde. Die Schande hast du über uns gebracht, wegen der Briefe, die Bernhard täglich bekommt, verstehst du!«

Die Briefe, die Bernhard täglich bekam, waren anonyme Briefe, in denen die Geschichte der Familien Mäusle und Prokop nicht schlecht erzählt wurde und die ihn vor einer solchen Verbindung warnten.

Befriedigt über den Vergleich, der ihn von Gewissensskrupeln befreite, ließ Bobby sich alles Weitere ruhig gefallen.

»Was wird noch alles über mich hereinbrechen«, ächzte im Bett Frau Prokop.

»Das Pfund erholt sich doch«, sagte zwischen den Zähnen Bobby und blickte mit verbohrten Mundwinkeln mürrisch durchs Fenster.

»Und die Goldpfandbriefe!«

»Aber hier hat doch der Schilling seinen vollen Wert! Was regst du dich so auf!«

»Zwölf Prozent habe ich verloren«, stöhnte Frau Prokop.

»Du hast doch Dollars!«

»Du scheinst zu vergessen, daß jeder zehnte Mann in Neuyork arbeitslos ist!« erwiderte Tamara barsch.

»Aber dann habt ihr doch noch den Schmuck!« Wenn er nur draußen wäre, aber er konnte nicht weg, seine Taschen waren heute leer. Er spuckte Gift vor Ärger.

»Sollen wir vielleicht unseren Notpfennig auch noch hergeben!« zischte Tamara.

Frau Prokop im Bett konnte den Totenkopf nicht vergessen. Sie wandte sich an Ljubka, die neben ihr Strümpfe stopfte. »Geh, mein Herzchen«, Frau Prokop sprach immer sehr freundlich zu Ljubka, »nimm etwas Zucker und Mehl und trage es den Leuten hinunter.« Ljubka verstand sofort, wer gemeint war.

»Gib ihr die Schlüssel, mein Kind.« Tamara gab ihr die Schlüssel, doch ging sie selbst mit, damit nicht zuviel aus dem Hause getragen wurde.

Mit einer Einkaufstasche am Arm klopfte Ljubka schüchtern bei Mäusle an. Sie war so nervös von der geladenen Atmosphäre oben und den Reibereien in letzter Zeit, daß sie vor der Familie Angst bekam. Das rothaarige Mädchen öffnete. Ljubka blieb schüchtern bei der Tür stehen, das kleine Mädchen begriff nicht, warum. Die Tür zum Zimmer war offen. Ljubka sah einen dunklen, kahlen Raum, nur in einer Ecke dicht über der Nähmaschine brannte Licht. Der Idiot lag auf dem Diwan, in dessen Mitte ein Loch klaffte.

»Kommen Sie nur herein, Fräulein.« Frau Mäusle winkte mit dem Finger.

»Tantchen schickt das und möchte wissen, wie es Ihrem Mann geht«, sagte Ljubka und errötete.

»Sehr gut«, sagte Frau Mäusle freundlich. »Er bekommt Luft eingeblasen. Er wird bald gesund werden.«

»Hat der Arzt es gesagt?« fragte Ljubka erleichtert.

»Eine Verkäuferin hat es mir gesagt. Sie ist entlassen worden, weil sie etwas an der Lunge gehabt hat, man hat ihr auch Luft eingeblasen und in zwei Jahren war sie gesund. Haben Sie verstanden? Setzen Sie sich, Fräulein.«

Ljubka setzte sich. Sie hatte zierliche runde Formen, und obwohl ihr Fleisch weichlich war wie Teig für Blätterkuchen, sah sie hübsch und einnehmend aus. Der Idiot machte sofort wilde Bewegungen der Freude.

Da wurde die Tür vom Gang brüsk geöffnet, ein Lehrjunge trat ein und brachte Frau Mäusle wichtigtuerisch eine Karte. Er schickte sich an, wieder zu gehen, aber da erblickte er das junge Mädchen in für seine Begriffe feinen Kleidern. Sofort machte er sich herablassend und mit gespieltem Wohlwollen bei dem Krüppel zu schaffen und versetzte ihm einige scherzhafte Backenstreiche. Der Krüppel schlug halb froh, halb zornig zurück. Indessen erklärte Frau Mäusle Ljubka, was sie alles von einem Wohltätigkeitsverein bekommen würde. »Ein Kilo *Wai*senmehl«, buchstabierte sie, »ein Kilo Bohnen, zwei Kilo Kartoffeln, zwei Pakete Malzkaffee.«

»Weizenmehl«, verbesserte der Lehrjunge und stand stolz vor dem Mädchen da, wie der Spender selbst.

»Ist das nicht fein!« rief Frau Mäusle, und bei Ljubka löste sich eine Beklemmung, eine Nervosität, fast schien es, als erholte sie sich in dieser drückenden Armut unten von dem Druck bei den Reichen oben.

Die Tür vom Gang wurde wieder ohne Umstände geöffnet, und Frau Seidl kam, die Nachbarin. Sie ging auf die Nähmaschine zu und nahm sich etwas heraus. »Ich borg' mir Ihren Öler aus«, sagte sie zu Frau Mäusle und wollte gehen. Frau Mäusle hielt sie aber zurück und las auch ihr die Spende des Wohltätigkeitsvereines vor.

»Na, die haben sich aber angestrengt!« sagte Frau Seidl, und Frau Mäusle sah sie ganz erstaunt an. Während sie noch sprachen, öffnete sich die Tür vom Kabinett, und heraus kam ein junges Weib mit einem

Kübel. Sie blickte mit gutmütiger Geringschätzung auf die von Blutleere, sitzender Lebensweise und verwässerter Kost stark aufgedunsene Gestalt der Frau Mäusle. Die Geringschätzung galt der Dummheit dieser Frau, die täglich fünfzehn Stunden angestrengt Wäsche machte und nicht einmal so viel verdiente, als ihr selbst die Arbeitslosenunterstützung eintrug.

Ljubka sah betreten alle diese Leute im Zimmer. Den Lehrjungen, der dreist den Idioten hänselte, die Mieterin, die selbstbewußt durchschritt, die Nachbarin, die sich »etwas herausnahm«, alle diese Leute hatten eine Besonderheit gemein. Sie bewegten sich alle in dem Zimmer, als wäre es nicht Frau Mäusles Wohnung, sie traten auf wie Gebieter über sie. Es machte Ljubka verlegen. Sie erhob sich, und Frau Mäusle flüsterte ihr noch rasch zu, das sei die Mieterin und sie zahle pünktlich. Dann bedankte sie sich herzlich, und Ljubka ging.

Ihr kleines Taschengeld am Ende jeder Woche verwandte Ljubka jetzt hauptsächlich für Mäusle. Das erstemal kaufte sie Zucker und steckte ihn verstohlen vom Gang aus durch das Gitter auf die Küchenbank. Dann lief sie hurtig davon. Frau Mäusle sah das Paket mit Zucker, trug es zur Hausbesorgerin hinunter und erklärte, der Ladenjunge müsse ihn falsch abgeliefert haben.

»Schon recht!« Frau Unrein, die Hausbesorgerin, blickte nicht einmal auf, »es wird ihn schon der Richtige holen kommen.« Als nach einer Woche niemand den Zucker holte, griff Frau Unrein selbst in die große Düte und füllte ihre Zuckerdose an. Gerade da kam Frau Mäusle mit einem neuen Paket. Diesmal waren es Hülsenfrüchte.

»Lassen Sie's nur da«, sagte Frau Unrein gönnerhaft, und Frau Mäusle legte das Paket auf die Kohlenkiste.

Unter den vierzehn Nachbarn mit Hofwohnungen wurde indessen eine Sammlung eingeleitet, und Frau Seidl brachte etwas Geld zusammen.

»Heben Sie mir's auf«, bat Frau Mäusle. »Ich könnt sonst in Versuchung kommen. Wir essen jetzt nämlich immer nur Kartoffelsuppe, haben Sie verstanden? Ich muß aber Herrn Mäuschens Anzug auslösen, er kommt bald aus dem Spital.«

Herr Mäusle aber lag in der Klinik in einem sauberen Bett zwischen schneeweißen Laken, erhielt viermal des Tages das gute Essen, doch kam er zu keinem Genuß, denn er hatte große Schmerzen. Er schlief immer erst nach Mitternacht ein, aber schon um fünf Uhr früh erschien die rotwangige Nonne und weckte ihn unerbittlich. Da wurden seine Bettlaken gelüftet und geglättet, er bekam eine Abreibung, ein Frühstück und ein Thermometer. Nachher hätte er auch wieder schlafen dürfen, aber nachher ging es nicht mehr. Und jeden Morgen, ehe die Schwester ihn weckte, hatte Herr Mäusle eine Vision. Er sah im Dunkeln den großen schwarzen Kopf seines Sohnes, des Krüppels, sah seinen breiten Brustkasten, sah, wie er im Dunkeln immer näher kam, wie er sich auf ihn legte, auf seine Brust, bis Herr Mäusle ersticken mußte. Gerade da wurde er geweckt. »Es ist wirklich sehr freundlich, daß Sie mich geweckt haben«, sagte er jedesmal.

Jeden Morgen kamen auch die Herren Doktoren, zwölf Doktoren mit dem Chefarzt an der Spitze, und dann mußte sich Herr Mäusle aufrichten und tief atmen und wurde untersucht, während der Chefarzt den Fall erklärte.

»Dafür weiß man wenigstens, daß man gründlich untersucht wird«, sagte Herr Mäusle nachher zu seinen Bettnachbarn rechts und links und sank erschöpft in den Polster.

Die nörgelten an allem herum, nur mit Mäusle waren sie duldsam, der verteilte sein Essen an sie.

Wenn er große Schmerzen hatte und sich die Gegend um die Augen in Säuglingsfalten verzog, neigte sich die Nonne steif über ihn, das dicke Gesicht freundlich glänzend. »Starke Schmerzen, Herr Mäusle?«

Er nickte.

Eines Tages kamen die zwölf Ärzte wieder, und der Chefarzt machte ihm ein Zeichen, sich aufzusetzen.

»Das wird heute leider nicht gehen«, sagte Herr Mäusle höflich, »aus dem einfachen Grund...«, und er schloß die Augen.

Die Ärzte traten sofort ans nächste Bett, alle zwölf und der Chefarzt, und Herr Mäusle sah wieder das Bild des Krüppels im Dunkeln, dann wurde ihm leichter, denn er war schon zu schwach selbst für das Weh, und dann sah er das lange Gesicht seiner Frau und noch einmal den roten Kopf des kleinen Mädchens, und dabei huschte es zärtlich über sein Herz, und dann war er tot.

Zur selben Zeit schickte Frau Mäusle den Anzug ins Spital. Nach einer Stunde trat der Spitaldiener bei ihr ein. Über seinem Arm hing der Anzug. Als ihn Frau Mäusle sah, erschrak sie so sehr, daß sich ihre Stimme verschlug. Sie sah auf die schwarzen Öffnungen in den Ärmeln, auf den leeren Kragen, auf die schlenkernden Beinkleider, es war die leere Hülle Herrn Mäusles. Das kleine Mädchen fing laut zu weinen an, der Idiot brüllte vor Lachen, Frau Mäusle schlang die Arme um den Anzug, und der Spitaldiener legte ihn über den Sessel, die Schuhe daneben, ferner einen Notizkalender, einen Bleistift, ein zerschlissenes Hemd, die Krawatte, den Kragen, die Manschettenknöpfe und die Socken Herrn Mäusles. Dann legte der Diener noch einen glänzenden Doppelschilling hinzu, der war nicht von Herrn Mäusle, aber das sagte er nicht, er sagte überhaupt nichts und ging wie beschämt.

Frau Mäusle besuchte sofort ihren toten Mann im Spital, um ihn ein letztesmal zu sehen, und Steffi mußte bei dem Idioten bleiben. Als Frau Mäusle heimkam, in einen schwarzen Wollschal gewickelt, blendete das grelle Licht im ersten Stock des Vorderhauses ihre vom Weinen geschwächten Augen. Es waren alle Zimmer beleuchtet, ganze Sonnensysteme hingen von der Decke der fünf Zimmer, von den Wänden strömte Licht, strahlendes Licht, alle strahlten, man feierte die Verlobung Tamaras.

Frau Mäusle ging in die leere Wohnung, in der der leere Anzug hing, und setzte sich, zum erstenmal unduldsam, verbittert, verzweifelt nieder. Da sah sie vor sich den goldroten Kopf des kleinen Mädchens, das noch immer über den Tisch gebeugt weinte. Frau Mäusle sah das Kind, und eine leise Hoffnung beschlich ihr Herz. Sie hörte nicht, daß es klopfte. Ljubka trat ein.

Frau Prokop, die gastfreundliche Wirtin oben im Stock gestattete nicht, daß die Torten und Platten noch einmal gereicht wurden, wenn das letzte Viertel zu Ende ging. Neue Torten wurden gebracht, neue Riesenplatten, und die Reste von dem delikaten Essen kamen auf ein großes Tablett und waren für Mäusle bestimmt, denn Frau Prokop liebte es, sich mit dem Herrgott zu verhalten. Ljubka trug das Tablett hinunter, und als sie die beiden weinenden Gestalten im Dunkeln sah, den leeren Anzug, die Socken, das Notizbuch und die Manschettenknöpfe, legte sie das Tablett auf einen Sessel, sah mitleidig auf die gebeugte Frau und das schluchzende Kind und schlich davon.

Der Idiot ließ sich zu Boden fallen. Kräftig schob er sich mit den Händen nach vorwärts auf das Tablett mit den feinen Speisen zu. Wahllos aß er ein Stück nach dem anderen auf.

Noch in derselben Nacht machte sich Frau Mäusle ans Wäschenähen. Sie nähte feine Hemden für die Damen, Hosenkombinationen, Rockkombinationen, Büstenhalter, sie fertigte jedes Stück gewissenhaft aus, mit Ajoursäumchen und Stickerei, und brachte täglich nur halb so viel Wäsche fertig als ihre schlaueren Kolleginnen.

Sie arbeitete täglich bis zwölf Uhr nachts, und um fünf Uhr früh begann sie wieder. Dennoch magerte das kleine Mädchen ab. Steffi magerte so sehr ab, daß Frau Mäusle eines Vormittags die Arbeit unterbrechen mußte und mit ihr in die Klinik ging.

»Sie ist schlecht genährt«, sagte der Arzt streng, und Frau Mäusle machte ein schuldbewußtes Gesicht.

»Sie ißt ja nichts, Herr Doktor, sie sagt immer, Kartoffelsuppe ist ihr schon zuwider. Haben Sie verstanden?«

Der Arzt verordnete hierauf Injektionen, das rege den Appetit an, und zur Stärkung auch noch Bestrahlungen. Aber dann sah er das rote Haar und sagte, rothaarig ist sie auch noch und das vertrügen Rothaarige nicht, und schickte die beiden nach Hause. So bekam Steffi jeden zweiten Tag eine Injektion, die Suppe konnte sie aber doch nicht essen, und etwas anderes gab es nicht. Frau Mäusle verlor einen Teil ihrer Kunden, aber dafür bekam sie jetzt Krankengeld für Steffi, die immer liegen mußte.

»Ich habe jetzt zwar keine Arbeit, aber dafür kann ich das Kind pflegen«, erklärte sie zu Ljubka.

Ljubka war in letzter Zeit sehr beschäftigt, denn Prokops rüsteten zur Hochzeit. Am Hochzeitstag war die ganze Straße mit Autos besetzt. Die Hochzeitsgäste, und gar die zahlreichen Verwandten von Frau Prokop, jeder bewunderte Tamaras reich glänzendes Brautkleid. Der weiße Atlas umschloß eng ihre schlanke Gestalt, sie glich einer Kerze, die lange Schleppe ließ sich abnehmen, denn natürlich konnte man das Kleid dann in Biarritz am Strand tragen.

Nur der Schleier hing etwas grob über das Gesicht, denn Tamara hatte erklärt, den könne man nachher nicht brauchen, und hatte die billigste Sorte gewählt. Und noch eines verwunderte die Gäste. Wie hielt diese zarte, junge Erscheinung die Rosen in der Hand! Tamara trug die lieblichen Rosen, nicht als gehörten sie zu ihr, nicht wie ein Symbol, sondern wie etwas Lästiges, das man schon weglegen wollte, wie einen alten Schirm, so trug sie sie. Und die Blumen von sich abgewendet, so stieg sie aus dem Rolls Royce auf den Teppich hinunter, der auf der Straße für sie ausgebreitet war, auf den Teppich im langen Hausflur, und gerade als Tamara eintrat und die Gäste ihr folgten, kam ihr ein Sarg entgegen, ein kleiner Sarg, mit schwarzem Tuch bedeckt. Die Gäste wichen zurück. Frau Prokop erbleichte.

»Das bringt Glück!« flüsterte ihr ihre Schwester fürsorglich ins Ohr. Tamara bekam eine Falte in der Stirn. Wie sie ihre Mutter kannte, würde der Sarg sie Geld kosten. Verdrossen senkte sie den Blick. Er fiel auf die Rosen in ihrer Hand. Das brachte sie auf eine Idee; so ließen sich Spesen vermeiden. Blumen welkten ohnehin und waren zu nichts zu gebrauchen. Sie reichte sie Frau Prokop hin und flüsterte ihr etwas zu. Frau Prokop hatte aber Angst und winkte Ljubka herbei. Ljubka nahm die Rosen, schmiegte sich durch die Reihen der Gäste und trat auf den kleinen Sarg zu. Zögernd legte sie die weißen Rosen darauf. Frau Mäusle sah es nicht, sie weinte zu sehr, sie hob die zitternden Arme, sie wollte dem Sarg das Kind entreißen, die beiden Frauen, Frau Seidl und die Mieterin, hielten sie zurück. Sie hatten erst gehässige Blicke auf die Hochzeitsgäste geworfen, doch als diese höflich zur Seite traten und die feinen Herren ihre Glatzen lüfteten, waren auch sie versöhnt und ordneten an, daß die Bahre nicht zu viel Platz einnahm.

Tamaras Gatte aber blickte bewundernd auf sein schönes junges Weib.

Der Sieger

Es ist nicht immer ein Bild wie um Werthers Lotte, wenn hungrige Kinder um die Schwester stehen und auf Brot warten. Wenn Anna Brot verteilte, war es ein andres Bild. Wohl standen die Geschwister um sie herum, aber mehr auf das Brot versessen als auf die Gunst, von ihr beteilt zu werden. Sie schnitt auch nicht scherzend ab, sondern sorgenvoll. Es mußten sieben Seelen ihren Hunger stillen, und Brot war die Hauptnahrung.

Der Vater, Annas Vater, sah aus, als haftete die Schwere aller Pakete, Kisten, Aufträge und Schimpfworte noch an ihm, selbst wenn er den Dienst schon verlassen hatte. Denn er war auch in seinen Augen der letzte Diener der Firma Hessel und Komp. und Chef. Vorstand, Buchhalter, Tippfräulein und Kommis pflegten ihre Laune an ihm herunterzukommandieren. Da er immer verhetzt war, lockte er nur ihre schlechte Laune hervor. Und so kam er jeden Abend, beladen mit den Lasten der Bessergestellten, heim und sah seine zahlreichen Kinder für anspruchsvolle Magen an, die seinen kargen Anteil schmälerten.

Die Mutter konnte nicht in Bedienung gehen, denn sie hatte für sieben Seelen zu arbeiten. Der blaugestreifte Kittel schlotterte an ihrer hageren Gestalt herunter, die Linien um den Mund waren verkrampft, und nur die Augen sprachen der ganzen Dürftigkeit ihres Lebens Hohn. Sie waren so lebendig und fest, daß die Kinder diese Augen beständig suchten, die so vertraut dreinblickten und immer vertrösteten. Frau Seidler hatte sich diese Freudigkeit bewahrt, weil sie nicht so ergebnislos, endlos, hoffnungslos herumgehetzt wurde wie ihr Mann, vielmehr sah sie zu, wie ihre Kinder unter ihrer Arbeit gediehen, und konnte sich oft wundern, mit wie wenig sich die Natur gesunder Kinder begnügt und wie aus Kartoffeln, Klößen, Brot und Fett Menschen heranwuchsen mit munteren Augen wie die ihren, mit festen Knochen und raschem Atem.

Hundert Schilling im Monat, genausoviel wie der Vater, verdiente Anna, und genauso wie er lieferte sie sie ab. Frau Seidler bewunderte die Fortschritte der Jugend, eine Neunzehnjährige, die soviel verdiente.

Anna arbeitete in einer Leinwandfabrik, wo vom Flachs bis zum Zwirn, von der Baumwolle bis zum Faden alles fabriziert wurde. Das erste Jahr saß Anna auf dem Boden und prüfte die Leinwand. Sie sonderte reines Leinen von den gemischten Geweben ab, und dann erst begann die Mühe. Gerissene und verknotete Fäden mußten mit der Nadel herausgezogen und vorsichtig ersetzt werden. Der weiße Wollstaub, der immer in der Luft lag, vertrocknete ihr Augen und Lungen.

Nach einem Jahr bekam sie leichtere Arbeit. Jetzt hatte sie nur die schadhaften Stellen mit einem Blaustift anzustreichen. Man stand zwar acht Stunden immer am selben Fleck, aber sie war doch leichter. Anna war sie zu leicht. Sie schielte nach dem Nebenraum, wo die Maschinen ohrenbetäubend rasselten, und hätte gern eine Maschine bedient. Das war wichtig, verantwortungsvoll und aufregend, und es brachte zwanzig Schilling mehr ein, und wer ahnt, was zwanzig Schilling bedeuten können!

Und nach wieder einem Jahr ging ihr Traum in Erfüllung. Sie kam in die Maschinenabteilung. Sie trug immer dasselbe dunkle Stoffkleid und sah mit ernsten Augen auf einige Arbeiterinnen, die sich den Frohsinn prall ins Gesicht malten. Sie betrachtete sie nicht kritisch, sondern mit jener Reserve, die Armut und Pflichtgefühl aufzwingen. Sie bediente die Maschine und trug dabei eine Gummihaube auf dem Kopf, so daß sich die rasch kreisenden Gabeln nicht in ihrem Haar verfingen, denn es war lang und zu einem Knoten geschürzt.

Abends las sie in alten Schulbüchern. Sie wollte sich bilden, damit genug von dem frischen Brot da war, das sie täglich so bedächtig verteilen mußte. Arbeit am Tage, Arbeit abends und Arbeit sonntags, um die Mutter zu entlasten. Und weil nie Farbe in die Monotonie ihres Lebens kam, wurde ihre Miene vergrämt, ähnlich der des Vaters.

Oben im Stock, wo die feinen Büros waren, wurde abgebaut. Der Abteilungsleiter, Herr Etzel, ging durch die Räume, um Hilfe von unten zu holen, sah sich die Mädchen an und blickte gerade auf Anna, als sie ihre blauen, glanzlosen Augen wie ein treuer Hund auf ihn richtete. Er winkte sie zum Nebensaal hinüber, denn im Maschinenraum verstand man sein eigenes Wort nicht, und von dieser Stunde an arbeitete Anna oben. Sie reihte Ballen an, versah sie mit Vignetten und hatte bald die Numerierung der verschiedensten Webarten im Kopf. Wenn der Eber nach der Bezeichnung etwa der blaugestreiften Halbleinwand telephonierte, rief Anna sie dem Leiter auswendig zum Telephon hinüber und der Eber wurde flott bedient. Es gab auch Fakturen einzutreiben, Aufträge zu kopieren, Rechnungen zu überprüfen, und abends mußte gekehrt werden. Etwas war dann, das Anna unaussprechliches Glück bereitete. Jeden Morgen kam sie eine Stunde früher als die andern, setzte sich an die Schreibmaschine und fing zu tippen an. Die Buchstaben sprangen, bildeten eine Zeile, richteten Verwirrung an und ließen sich bald von ihr beherrschen. Und eines Tages geschah das Wunder. Als der Leiter nicht wußte, wo ihm der Kopf stand, er hatte unten zu tun und oben, da setzte sich Anna hin, die Tochter des Ladendieners Seidler, drei Klassen Hauptschule und jetzt nichts, und schrieb die Briefe.

Von da an schaffte sie einfach alles. Sie war so verwendbar, daß man ihren Namen wie den eines Faktotums in mehreren Räumen kannte. Wenn sie nach Hause fuhr, sahen ihre blauen Augen warm drein. Aber kein Mann in der Tram warf je einen Blick auf sie. Denn sie hatte diesen unreinen Teint, diese ewig geröteten Augen, das war schon chronisch, sie hatte eine breite Nase und immer dieses dunkle Kleid.

Der Chef der Fabrik Salzman, Siegfried Salzman, ging mit sorgenvollem Kopf herum. Das Pfund stand schlecht, und man hatte Außenstände. Die Valuten waren überhaupt unsicher, und bevor Siegfried Salzman seine feine Leinwand für Papierfetzen von zweifelhaftem Wert hergab, wartete er lieber zu und verkaufte nicht. Er saß förmlich auf seiner Ware. Freilich stand dadurch die Arbeit still, und es wurde wieder abgebaut. Man begann unten im Arbeiterraum, erst dann kam der Stock dran. Im Stock wollte Siegfried Salzman selbst die Unfähigen von den Fähigen trennen. Er ging durch die Räume und sah sich die Mädchen an. Da war die Schmerler, eine Rote, die großen Einfluß auf die Kolleginnen hatte, die mußte man behalten, sie hetzte sonst. Da war die Pilz, eine Bucklige zwar, aber sehr verwendbar, sie hinterbrachte dem Chef allerlei Aussprüche der Angestellten. Dann war da Käthe Schmidt, er erkannte sie schon von hinten, denn er hatte sie schon gehabt. Und Salzman näßte seine Lippen, und sein feistes Gesicht dehnte sich aus, als er die Mitzi Sperl sah, siebzehn Jahre alt und sehr schmal gebaut. Er dachte an ihr possierliches Wesen, damals, als er ihr starken Wein zu trinken gab. Er ging weiter, und der Reihe nach kamen jetzt Mädchen, die ihre Blüte, die die Töchter der Begüterten teuer verkaufen, an den Chef für ein Nachtmahl hergaben, freilich, merkt auf, für den großen Vorzug, in seiner Gunst zu stehen. Denn keines dieser Mädchen, so beschloß Siegfried Salzman, sollte entlassen werden. Und dann sah er eine Gestalt, die er nicht von hinten erkannte. Seine Augen blieben an den vollen Beinen des Mädchens haften, obwohl sie in grobgerippten Strümpfen staken, etwas rundlich Junges an den Waden zog ihn an, er trat rasch vor. Er sah einen Teint mit Pickeln, gerötete Augen, eine breite Nase und eine geduckte Gestalt.

Eine Stunde später wurden die Leiter zu ihm bestellt.

»Anna Seidler«, sagte Herr Etzel, »aber das ist doch meine beste Kraft!«

»Sie ist so muffig«, sagte der Leinwandfabrikant.

Wie soll sie nicht muffig sein bei dem Elend zu

Hause, dachte der Leiter, aber er sagte kein Wort, denn er hatte eine Familie zu ernähren. Somit war der Fall erledigt. Als Anna beim Chef eintrat, konnte sie sich doch nicht zurückhalten, der ganze Jammer brach aus, rötete ihre Augen noch mehr und rann durch die Nase. Den Chef irritierten diese Tränen. Und weil er ein gutes Herz hatte, schrieb er ihr ein glänzendes Zeugnis.

Der große Quäler ist besorgt, daß sein Material nicht zugrunde geht, und so bescherte das Schicksal Anna einen neuen Posten. Unter dreißig Bewerberinnen suchte das geübte Auge des Prokuristen Rab gerade sie aus, denn im Geschäft hatte er Schweinereien nicht gern. Er las befriedigt ihr Zeugnis durch, und plötzlich fiel ihm etwas ein.

»Da steht ja nicht darin, daß Sie Kontoristin sind, Fräulein!«

Anna beteuerte es schüchtern, und wir wissen, sie log nicht.

»Dann bringen Sie freundlichst ein neues Zeugnis, und Sie sind aufgenommen.«

Hocherfreut versprach es Anna, schlief nicht, schrieb nachts einen Brief an den Chef und trug ihn morgens selbst hin. Die Hände feuchtkalt vor Aufregung, stand sie vor dem Leiter. Der fand ihre Bitte so geringfügig, daß er sofort zum Chef hineinging, froh, daß sein Gewissen nicht mehr drücken mußte, weil er sich für die brave Arbeiterin eingesetzt hatte.

Siegfried Salzman saß vor seinem Ministerschreibtisch und kaute Chewing Gums. Neben ihm lag ein prachtvoller Windhund. Für diesen Windhund hielt er einen eigenen Koch in der Fabrik, denn das Tier war heikel.

»Drei erste Preise«, sagte Salzman gerade, als Herr Etzel eintrat. Nach einer Verbeugung trug er seine Bitte vor mit jenem gewissen Lächeln, das Untergebene haben, wenn sie für eine Geringfügigkeit der Zusage schon gewiß sind.

»Was fällt Ihnen ein, Etzel, sie war nicht Kontoristin bei mir!«

Etzel krümmte sich verlegen und bat, eine Ausnahme zu machen.

»Das wäre nicht korrekt«, sagte der Fabrikant und blickte indigniert weg, weil man ihm mit solchen Lappalien kam.

»Lassen Sie mir einfach telephonieren«, sagte draußen Etzel zu Anna, »ich werde schon die richtige Auskunft geben.«

Anna kam mit dem Bescheid zur neuen Firma, aber der Prokurist, Herr Rab, versteifte sich auf seine Akkuratesse. Der Chef war abwesend, und bei seiner Rückkehr mußte man ordnungsgemäß präsentieren.

Und plötzlich wuchs das Wort Kontoristin bei Anna riesengroß, dieses Wort, das nichts besagte, eine Verballhornung der Sprache, ein falsch angewandter Begriff, es wurde schicksalhaft! Anna dachte an das Gesicht der Mutter und suchte nochmals den Chef auf. Wie sollten Sie ahnen, was mir diese Stelle bedeutet, an Sie wagt sich das Unglück doch nicht heran, wollte sie sprechen.

Der Leiter, Herr Etzel, traf sie auf dem Korridor und nickte ihr zu. Als er jedoch vernahm, daß sie über seinen Kopf hinweg vorgehen wollte, setzte er jene beleidigte Miene auf, mit der die Herren Professoren die Schüler nach der Matura ansehen: ob sie auch jetzt noch vorschriftsmäßig grüßen werden? Anna duckte sich und ertrug es. Sie mußte nicht warten. Der Diener kam sogleich zurück. Sie wurde nicht vorgelassen.

Anna dachte an den Augenblick, da sie nach Hause kam und alle auf sie blickten, und sie suchte in sich nach einem Menschen, der gut war und helfen konnte, und erinnerte sich an Herrn Topf, Mitchef der Firma Gold und Topf, der ihr immer jovial den Rücken patschte, wenn er in die Fabrik kam.

Mitleidig sah Herr Topf auf die geflickten Handschuhe, auf die verwaschenen Strümpfe und den fadenscheinigen Mantel und machte sich mit ihr auf den Weg in die Fabrik.

Herr Topf kaufte zwar nicht von Salzman, er verkaufte nur, aber er war ihm in letzter Zeit bei Devisenschmuggeleien behilflich gewesen und hatte sich den Fabrikanten verpflichtet. Als er mit Anna eintrat, war der Chef gerade damit beschäftigt, dem Windspiel Fieber zu messen. Das Tier schob erst widerwillig den Kopf weg und ließ es sich dann gefallen. Auf den schüchternen Gruß Annas antwortete Siegfried Salzman nicht.

»Die Seidler war bei mir nicht Kontoristin«, sagte er dann mit breiter Stimme.

»Machen Sie ä Ausnahm«, jüdelte Topf, er hatte keinen Funken Takt und verstand es nicht, sich zu dem Fabrikanten hinaufzuerheben, »tut sich was, was kost Sie das! Ä Wort, ä franzesisches Wort. Sie kost das ä Wort und *sie* kost das den Posten! Wo kriegt sie bei die Zeiten noch an Posten?«

»Ich mache keine Ausnahme!« Siegfried Salzman hob indigniert die Stimme. »Und übrigens versteh' ich Sie nicht, Sie sind doch auch Kaufmann und müssen wissen, daß ein Kaufmann schriftlich keine Unwahrheiten niederlegt. Das ist doch nicht korrekt.« Und er lehnte sich korrekt zurück.

»Wie heißt korrekt! Wenig ham wir gepackelt mit die Valuten?« Topf zwinkerte und zeigte auf den Halskragen, in dem versteckt er die Valuten befördert hatte.

Damit war das Schicksal Annas besiegelt. Siegfried Salzman besann sich auf seine Würde und riet Herrn Topf, künftig seinen Zwirn woanders zu verkaufen. Und er sah sich im Raum um, und der Prokurist, der Vorstand, sein jüngerer Bruder, der von ihm abhängig war, und das Tippfräulein, alle nickten ihm beifällig zu, und er lehnte sich zurück wie ein Sieger.

Draußen aber sagte Topf zu Anna: »Das hat man von seiner Gite, hab ich das netig gehabt!« Und er seufzte und wollte ihr nicht auch noch die Tram zurückzahlen für das Malheur und ließ sie beim Tor stehen.

Anna wurde plötzlich das dürftige Mäntelchen zu kalt, das sie so viele Winter getragen hatte. Langsam ging sie über das leere Schneefeld, das die Fabrik von der Stadt trennt. Dichte Flocken fielen ihr ins Gesicht, und sie ging und wartete, daß eine Stimme sie von rückwärts rief. Sie ging immer langsamer, aber die Stimme ließ sich nicht hören. Sie wartete, daß ein Mensch an ihr vorüberging und ihr einen Blick zuwarf, aber das Feld war leer. Und sie dachte an die Mutter, aber die Mutter hatte nicht mehr jenen warmen Blick wie früher, die Mutter sah sie jetzt angstvoll an, und der Vater hob nie das Auge, sondern löffelte vergrämt seine Suppe, und die kleinen Geschwister hatten alte Gesichter, denn sie wußten allzuviel für ihre Jahre.

Am nächsten Morgen fand ein Arbeiter das junge Mädchen tot im Schnee. Sie hatte die Augen geschlossen, und nichts von Gram war in ihrem Gesicht. Er trug sie auf seinen Armen in die Fabrik. Da geschah es, daß der Zopf des Mädchens sich löste und herabfiel, und es war merkwürdig, daß er wie von einem lebenden Leib herabfiel. Er sah die jungen Formen und das schwere Haar und dachte bedauernd, wie gut ihm das Mädchen gefallen hätte.

Fabrikant Siegfried Salzman ging durch den Korridor und wunderte sich über die Ansammlung. Er hielt ein Mädchen auf und erfuhr den Grund. Er näherte sich der kleinen Gruppe, aber die Arbeiter, die sonst devot grüßten, kehrten ihm den Rücken. Siegfried Salzman sah sich die Gesichter der Reihe nach scharf an. Und dann notierte er, wer zum nächsten Termin zu entlassen war.

Der Verbrecher

Auf der »Straße des ersten Mai« steht vor seiner exotischen Schaubude der Tierzüchter Georg Burger und zieht aus seiner Büchse Giftschlangen, aber nur den Tieren giftig, Riesenschlangen, aber bunt gemustert, und moderne Schlangen, dick und gefräßig, aber den Taschen der Damen nützlich.

»Dieses Krokodil ist noch zierlich, aber drinnen das Krokodil ist drei Meter lang und hundertzwanzig Jahre alt und höchst gefährlich! Sehen Sie sich die Affenmutter an, die ihre Jungen säugt, hier sehen Sie die reinste Affenliebe, treten Sie ein, meine Herrschaften, Eintritt fünfzig Groschen, Kinder die Hälfte!«

Der kleine Georgie steht neben seinem Vater, dem Tierzüchter, und sieht ihn bewundernd an. Wie Spagatschnüre hält er die Schlangen in der Hand, Jungens gaffen mit offenem Mund. Georgie ist so begeistert, daß er nicht einmal sieht, wie sich die Zuschauer drücken und weitergehen und wie kummervoll sein Vater ihnen nachblickt, denn die Zeiten sind schlecht. Davon ahnt Georgie nicht das geringste, wie sollte er auch, wenn der Tierzüchter Georg Burger seinen Jungen nichts von seiner Armut merken läßt, und wir werden gleich sehen, wie er es machte.

»Georg!« sagte Georgie träumerisch (er nannte seinen Vater beim Namen), »läßt du mich heute mit der Bergbahn fahren?«

»Mit der Bergbahn, Junge! Habe ich dir denn nicht aus der Zeitung vorgelesen, ach nein, mit der Mutter hab' ich es gelesen, daß die Bergbahn gestern entgleist ist? Zwanzig Personen sind hinuntergefallen! Nicht einmal in die Nähe sollst du gehen, sonst fällt höchstens einer auf dich!«

»Und das Geisterschloß?«

»Das Geisterschloß! Was da für Gespenster drin sind und böse Teufel und Totenköpfe und Drachen und Messerstecher! Alles aus Holz natürlich, aber man erschrickt doch fürchterlich, heute haben sie eine alte Frau herausgetragen, weil sie ohnmächtig geworden ist!«

»Und was wird mir geschehen, wenn ich im elektrischen Automobil fahre, Georg?« Georgie genoß es bereits.

»Im elektrischen Automobil! Kannst du dich an den Automaten erinnern? Na also, das war nur ein kleiner Schlag, das Automobil reißt dich durch den ganzen Körper.«

»Und die Schießstätte, Georg?«

»Vorige Woche ist ein Bolzen zurückgeprallt und einem Jungen direkt auf die Nase. Jetzt läuft er mit einer geschwollenen Nase herum.«

»Und das Riesenrad?« Georgie sah staunend auf die guten Augen seines Vaters.

»Jeder dritte Junge muß während der Fahrt aufs Dach steigen, das ist Bedingung, da geh nur nicht hinein, aber jetzt mußt du fort, mein Junge, die Arbeit beginnt. – Meine Herrschaften! Bei uns sehen Sie den einzigen fliegenden Hund Europas!«

Fliegender Hund heißt doch der Indianerhäuptling, dachte Georgie und flog davon. Vor dem Geisterschloß blieb er stehen. Vier dicke Frauen berieten, ob sie eintreten sollten.

»Da gehn Sie nur ja nicht hinein«, sagte Georgie, da hat heut 'ne alte Frau der Schlag getroffen! Gleich war sie tot!«

Erschrocken liefen die Frauen fort.

Die Hände in den Hosentaschen wand sich Georgie anmutig durch die Menge und ging zur Bergbahn. Da stand schon die ganze A-Klasse von der Hauptschule und wollte hinein. Die B-Klasse hatte Strafe.

»Da fahrt überhaupt nicht mit«, sagte Georgie geheimnisvoll, »hundert sind gestern abgestürzt, ganz blutig waren sie, einige sind auf mich gefallen!«

Der Präfekt, der die Karten lösen wollte, stand ganz erstaunt, daß die Jungen sich plötzlich drückten, erst hatten sie ihn mit der Bergbahn bestürmt.

»Wo sollen wir denn fahren, Georgie?« fragte Peterheinz.

Georgie sah ernsthaft drein. »Na, mit der Grottenbahn«, schlug er vor, denn über die hatte Georg nichts gesagt.

So kam die alte verstaubte Grottenbahn zu Ehren, und der alte verstaubte Besitzer an der Kasse wachte auf. Georg aber ging ruhig mit den Jungens hinein, und bald stimmte es dem Herrn Präfekten, der nachzählte, bald fand er einen zuviel, aber Georgie rutschte mit.

»Bist du nicht vielleicht der Georgie Hacker, der das Tagebuch eines bösen Buben geschrieben hat?« fragte ihn Peterheinz.

»Ich heiß überhaupt nicht Hacker, sondern Burger, wie Georg, der hat eine furchtbar schöne Tierschau, da ist ein Krokodil, so groß wie die ganze Grottenbahn, da dürft ihr nicht die Hand hinhalten, das frißt euch alle auf. Jeden Tag schluckt es einen Hasen!«

Der Tierzüchter Georg Burger war ganz überrascht, als sein Söhnchen mit einer langen Schlange Jungens ankam, die auch richtig zahlten, bloß mit einer kleinen Ermäßigung, weil es so viele waren. Nach der Tierschau schmuggelten sie den Georgie ins Kino ein.

Das Kinostück hieß »Emil und die Detektive«, aber es hatte schon lange begonnen, und so sahen sie die Mitte zuerst. Plötzlich entstand Lärm unter den Zuhörern. Eine herausgeputzte Frau stand in ablehnender Haltung vor einem Mann, der hilflos um sich blickte und keinen Halskragen trug. Er war Georgie gleich sympathisch, denn Georg sagte immer, ohne Kragen, das ist keine Schande, eine Schande ist es höchstens, reich zu sein. Der Programmverkäufer trat auf den Mann zu und forderte ihn auf wegzugehen.

»Ich bin erst vor einer halben Stunde gekommen«, wiederholte der Mann, es war ihm anzusehen, wie sehr er sich die Kinokarte vom Mund abgespart hatte.

»Auf Ihrem Billett steht fünf Uhr, Sie müssen gehen!«

»Er ist doch mit uns zusammen hinein!« rief jetzt Georgie aufgeregt, er hauchte noch ein bißchen beim Sprechen, denn er war noch ein sehr kleiner Junge.

Der Diener beachtete ihn nicht, der Mann rührte sich nicht vom Platz, die geputzte Frau wartete feindselig, da erschien der Direktor, der an der Kasse gesessen hatte.

»Schauen Sie, daß Sie rauskommen!« brüllte er

den Mann ohne Kragen an, und Georgie tat das Herz weh, wie der sich umsah und niemand ihm beistand.

»Bitte, er soll meine Karte haben!« rief jetzt Georgie, so kräftig, als es aus seinem schmalen Körper herauskonnte. Die Jungens sahen ihn bewundernd an. Aber gleich erschrak er. Er hatte doch keine Karte, er war von den Jungs eingeschmuggelt worden! Er wurde feuerrot.

»Die Billette sind nicht übertragbar«, sagte zum Glück der Programmverkäufer, und der Direktor rüttelte den armen Menschen an der Schulter und stieß ihn hinaus. Das Publikum zischte Beifall.

»Er ist doch mit uns zusammen herein«, sagte Georgie zu den Jungen, mit einem drohenden Blick auf den Direktor, »ich bleib überhaupt nicht, Jungs. Georg sagt immer, die Verbrecher braucht man nicht erst unten suchen!«

Das Publikum lachte, aber Georgie machte sich nichts aus den Leuten, er schüttelte Peterheinz und den anderen Jungen die Hand und verließ das Kino mit Siebenmeilenschritten.

Der Neue

Seidler hatte so gute Zeugnisse über seine jahrelangen treuen Dienste als Kassier, daß er eine Stelle als Aufseher in einer Fabrik bekam. In der Abteilung, wo der Zwirn aufgespult und in Schachteln gereiht wurde, hatte er die Kontrolle, und nach Schluß mußte er jeden Arbeiter nach Zwirnspulen absuchen. Wenn er die Taschen seiner Mitmenschen abgriff und auf den Widerstand einer versteckten Zwirnspule stieß, verzog er keine Miene und ließ sie durchgehen. Die Arbeiter hatten ihn auch lieb, aber gerade das mißfiel den Chefs, und er wurde abgebaut.

Seine guten Zeugnisse und besonders das Zeugnis, das ihm sein redliches Gesicht ausstellte, nützten ihm ein zweitesmal. Er bekam die Stelle eines Verkäufers in einem vornehmen Juweliergeschäft, und jetzt wurden seine Taschen durchsucht, wenn er abends das Geschäft verließ. Es gab aber noch mehr wunderliche Gebräuche beim Juwelier Kranz und Sohn. So zum Beispiel wurden seine Fingerabdrücke photographiert, und die Etuis in der Auslage durfte er nur mit Wollhandschuhen anfassen, damit man im Falle eines Einbruches die Fingerabdrücke des Diebes gleich herausfand. Schon nach einiger Zeit erkannten seine Vorgesetzten, daß es nicht nötig war, seine Taschen zu durchsuchen, sie erkannten aber auch, daß seine Redlichkeit und der gute Wille für den Posten nicht genügten. Seidler verstand es nicht, einem Käufer ein Schmuckstück einzureden, weil er den Wert eines Schmuckstückes nicht verstand. Ihm schien das ganze Gebaren lächerlich, der Damen, die stundenlang über Glassplitter geneigt waren und sie mit Lupen untersuchten, der Chefs, die vor solchen Damen Kratzfüße machten und ihre sonstige Würde vergaßen, und er selbst war sich lächerlich, der so tat, als wäre dies alles wichtig. Als der Tag einmal damit begann, daß er vergaß, die Handschuhe beim Einräumen der Auslage anzuziehen (was zum Glück niemand bemerkt hatte), endete er damit, daß er am Abend einen Kunden weggehen ließ, was jeder bemerkte, und jetzt mußte er auch gehen.

Er saß nun neben den Hoffnungslosen und wartete auf Arbeit. Ein Kamerad, der ihm noch von der Fabrik her dankbar war, machte ihn auf eine Zeitung aufmerksam, die neu herausgegeben wurde. Er begab sich sofort zur Redaktion, er wies seine Zeugnisse vor und bekam den besten Posten in unserer Stadt, vor unserer schönsten Kirche. Hier standen bereits vier Vertreter verschieden gerichteter Zeitungen, und der mit der Fliege unter der Nase und dem braunen Anzug verkaufte die deutschen Zeitungen, dann gab es einen »Österreicher«, einen »Extra« und die »Telegraphistin«. Brauchte sie Wechselgeld, dann rief sie: »Hitler!« und der Braune wechselte. Hatte er keines, rief sie: »Extra!« und der vom »Extrablatt« trat vor. Politischen Hader gab es nicht unter ihnen, es gab nur die Jagd nach Käufern, die Jagd nach Brot, und ihr Haß richtete sich auf den Regen, der ihnen das Geschäft verdarb, auf einen Bettler, der die Käufer abzulenken verstand, und am meisten haßten sie einen »Neuen«, der eine Konkurrenz werden konnte. Und Seidler war dieser Neue. Die vier flüsterten, rückten ab, wenn er sich ihnen näherte, und der Braune brachte am nächsten Tag eine Pfeife mit, stopfte sie mit Wolle und stieß den Rauch dem »Neuen« ins Gesicht, damit er eine krächzende Stimme bekam und nicht ausrufen konnte. Eine überflüssige Maßnahme. Neue Zeitungen gehen nicht, man muß lange durchhalten, bis man sie durchgesetzt hat.

Der »Neue« hielt durch und rief mit heiserer Stimme und viel zu zaghaft seine Zeitungen aus. Er wurde dabei so schmal und ergeben wie eine gotische Figur. Einmal versuchte er, der »Telegraphistin« auszuhelfen, als sie ein Fünfziggroschenstück wechseln wollte, doch bevor sie sein Geld nahm, ließ sie lieber den Käufer weggehen und ratlos sank seine Hand. Seine Gestalt sah aber so rührend aus neben der selbstbewußten Haltung des »Braunen«, der seine breite Hand voll deutscher Zeitungen patzig vor sich hin trug und jedem Käufer bedeutungsvoll sein »Heil!« zurief, daß die Passanten auf Seidler aufmerksam wurden und sein Blatt kauften. Sie gewöhnten sich auch bald daran, und so konnte er schneller als er gedacht einen kleinen Erlös heimbringen.

Aber eines Tages standen zwei Männer vor ihm. Sie legitimierten sich als Kriminalpolizisten, sie riefen ihn zur Seite und sagten ihm auf den Kopf zu, daß er des Diebstahls verdächtig und verhaftet sei, in dem Juweliergeschäft Kranz und Sohn war eingebrochen worden, man hatte keine anderen Fingerabdrücke gefunden als seine.

Wenn ein Mensch sein Leben lang mit der Versuchung kämpfen muß, der Not ein Ende zu machen, durch einen Griff in die Kasse, der niemanden empfindlich geschädigt hätte, durch Entnahme eines Schmuckstücks, dessen Entgang kaum bemerkt worden wäre, wenn ein Mensch allen Anfechtungen trotzt, fühlt er sich durch eine falsche Beschuldigung so beschmutzt, daß er errötet, stottert, zu tränen beginnt, nicht weiß, was er sagen soll, und sich genauso gebärdet, als wäre er schuldig. Und das tat auch Seidler. Er beteuerte zwar später vor dem Untersuchungsrichter seine Unschuld, aber er kam doch in Haft, denn man hatte bei den Kolporteuren nachgefragt, und der »Braune« war es, der aussagte, der Mensch wäre ihm gleich verdächtig vorgekommen, furchtsam und scheu wie das böse Gewissen.

Seidler saß in seiner Zelle, wie von unsichtbaren Peitschen geprügelt, aber niemand verstand seine stumme Verzweiflung. Da ging die Tür auf und ein Mann trat herein, der ihm fremd vorkam. Erst als er ihn ansprach, erkannte er seinen Kameraden von der Fabrik wieder. »Da sitzt du jetzt«, sagte der Kamerad, »und ich erinnere mich genau, daß du einmal die Auslage ohne Handschuhe eingeräumt hast. Statt zu reden, läßt du dich einsperren! Ich habe aber für dich ausgesagt, hier ist nicht der Platz für dich!« Seidler wurde noch zur selben Stunde entlassen, denn es fand sich nicht eine Spur, die auf seine Schuld hingewiesen hätte. Er erhielt auch sofort wieder seinen alten Platz vor der Kirche, aber die Stimmung dort war nicht günstiger geworden. Seine Nerven fühlten sich überdies durch den Schreck in den letzten Tagen arg hergenommen, und seine Kost war schon lange nicht danach, daß er sich hätte stärken können. Müde rief er seine Zeitungen aus, seine Augen blieben dabei trüb in den Winkeln, als hielte er die Tränen nur schwer zurück. Plötzlich erschrak er. Da standen wieder die beiden Kriminalpolizisten, und da stand er, wehrlos und gewärtig, wieder hart und ungerecht gefaßt zu werden. Aber was war das? Sie gingen vorüber, sie gingen auf den Mann mit den deutschen Zeitungen zu, sie zogen ihn beiseite, sie nahmen ihm die Wand mit den Zeitungen ab, und sie führten ihn weg. Die drei begannen aufgeregt durcheinander zu sprechen und blickten bös auf den »Neuen«, als wäre er die Ursache dieser Vorgänge, und die Kriminalbeamten kehrten sofort zurück, diesmal ohne den »Braunen«.

Sie traten auf die Kolporteure zu, und es stellte sich heraus, daß sich Passanten wiederholt über den Braunen beschwert hatten, weil er so frech und selbstbewußt Stimmung machte. Und es stellte sich weiter heraus, daß eine Hausdurchsuchung bei ihm eine Menge Sprengmaterial zutage gefördert hatte und daß er schon lange von der Polizei gesucht wurde. Die Kolporteure wurden nun von der Polizei ausgefragt, sie verrieten ihn aber nicht. Unzufrieden traten die beiden Beamten auf Seidler zu und blickten ihn eine Idee freundlicher an, als es ihre Art ist. Nun hätte Seidler genügend über die Hetzreden des Kollegen zu erzählen gehabt, doch er erklärte nur, er stünde abseits von den andern und wisse von nichts. »Ihr Kollege hat sich aber nicht so gut gegen Sie benommen«, sagte der eine Beamte scharf, führte die Hand aber dann doch höflich an den Hut und ging mit dem zweiten.

»Das war schön von ihm«, sagte der »Österreicher« laut, damit der »Neue« es hören konnte, und der »Extra« stellte sich dicht neben ihm auf. Die »Telegraphistin« aber wartete jetzt ungeduldig auf den nächsten Kunden und rief dann etwas verlegen: »Roter! Geh, wechsel!«

Drei Helden und eine Frau

Frau Schäfer stand auf dem Flur und wusch Stiegen. Und obwohl alle Stufen schön ölig glänzten, rieb sie immer wieder mit dem nassen Lappen darüber, drang mit dem Besenstiel in die Ecken, daß es klatschte, stieß den Lappen in den Kübel, wrang ihn aus und schlug ihn wieder um den Besen. Plätschernd fiel der Lappen über die Stufen, und wer die Bewegung sah und Frau Schäfers Gesicht, der verstand: sie war nicht dabei. Sie war von einer Vorstellung gepackt, und was nützte alle Vernunft, sie wurde diese Vorstellung nicht los. Eine kleine Kirche war es, die Frau Schäfer vor sich sah, eine kleine Kirche quälte Frau Schäfer. Die Kirche stand in dem seltsamen Ruf, jeder Wunsch, in ihr ausgesprochen, gehe in Erfüllung.

Frau Schäfer war nicht gläubig; aber als der Mann im Krieg war und seine schwere Verwundung gemeldet wurde, schleppte sie sich in die Kirche und sank nieder. Ihr Mann kehrte vom Krieg zurück, und seither hatte auch Frau Schäfer ein zärtliches Lächeln beim Nennen der kleinen Kirche.

Bis das Furchtbare geschah.

Es begann damit, daß die Arbeiter, die in den Gemeindehäusern wohnen, von ihren Brüdern mit Kanonen beschossen wurden. Das große Gemeindehaus, in welchem Frau Schäfer seit Jahren die Arbeit besorgte, mußte sich ergeben, die Waffen wurden abgeliefert, und die Arbeiter flüchteten durch einen unterirdischen Gang in das Kirchlein. Sie glaubten sich geborgen. Einer nach dem andern wankte freudetrunken aus der Kirche in die Freiheit, und *jeder*, der aus der Kirche trat, wurde auf der Stelle niedergeschossen...

Plötzlich fuhr Frau Schäfer heftig auf. Erschrokken drehte sie den Kopf. Durch die wild aufgerissene Glastüre stürmte ein Haufe junger Menschen herein und auf sie zu. Seltsam. Alle hatten das gleiche Gesicht. Todesangst und flehende Blicke. Und dann hob einer verlegen und heiß bittend die Hand und ließ sie mutlos sinken.

Sie verstand sofort. Ihr ging viel durch den Kopf. Daß die Jungens genau so aussahen wie ihr Sohn Franz, als sie ihn vor den Kanonen im Keller versteckte, wo er sicherer war als in der verfluchten Wunderkirche; daß diese hier auch gerettet werden wollten und auch jung waren und daß jeder eine Mutter hatte. Und dann dachte sie, was ihr bevorstand, wenn sie den Jungen half, und ihr Kinn zitterte.

»Erster Stock, Tür fünf«, sagte sie aber und ließ sie durch.

Die Jungens stürmten hinauf in blinder Angst auf die Nummer fünf zu.

Wenn dort Schwierigkeiten gemacht wurden, war es zu spät.

Auf Nummer fünf öffnete sich von selbst und lautlos die Tür, kein Priester, sondern ein Arbeiter tat es, lautlos gab er mit breiter Bewegung den Weg frei, und die Jungens wurden mäuschenstill. Mäuschenstill folgten sie den weit ausgestreckten Armen, die sie einließen, warme, glückliche, dankbare Blicke auf noch eben todesängstlichen Gesichtern. Und die schützende Türe schloß sich hinter ihnen.

Unten hörte Frau Schäfer die Klinke einschnappen, da wurde auch schon die Glastür aufgestoßen. Zwei Polizisten spießten Frau Schäfer mit ihren Bajonetten fast auf. Ein Polizeioffizier folgte.

»Hier sind die Kerle hereingelaufen«, schrie er.

»Wie bitte?« fragte Frau Schäfer und stemmte den Besen auf.

»Hier sind die roten Hunde hineingelaufen. Machen Sie keine Faxen, sonst wirds schlecht ausgehn!«

»Herr Oberinspektor! Das Haus hat sechzehn Stiegen. Hier ist niemand durch! Ich hätte es sehen müssen, ich wasch hier schon seit einer Stunde auf!«

»Werden wir gleich haben«, sagte der Herr Oberinspektor und pochte an die Tür Nr. 1. »Wer wohnt hier?«

Frau Schäfer blickte angstvoll zu Boden und erschrak noch mehr. Auf den feuchten Stufen glänzten breit an die zwanzig Fußstapfen, verschwammen ineinander und bildeten tückische, dicke Flecken auf den Stufen, die noch vor drei Minuten wie Öl geglänzt hatten.

Aber der Herr Oberinspektor hatte keine Zeit, von seiner Höhe herab zu schauen. Er war damit beschäftigt, die Tür Nr. 1 mit Schlägen zu bearbeiten. »Ach, bitte, klopfen Sie hier nicht an! Hier wohnt die Näherin Grün, sie ist seit den letzten Tagen sehr geschreckt, sie bekommt sofort Schreikrämpfe, sie wohnt ganz allein, sie hat bestimmt niemanden reingelassen, ich bin hier gestanden, ich hätt's sehen müssen. Schauen Sie in allen Wohnungen nach, nur nicht bei der Grün, Herr Oberinspektor!«

Der Herr Oberinspektor sah sie listig an und riß an der Glocke, daß der Knauf ihm in der Hand blieb. Verächtlich warf er ihn zu Boden. Eine fadendünne Frau öffnete einen Spalt und wurde vom Herrn Oberinspektor zur Seite gestoßen. Der zweite Polizist blieb bei der Tür stehen.

Frau Schäfer hob den Besen. Nur ihr Ohr hatte noch menschliche Funktionen, denn während ihre Arme wie automatische Stangen in rasender Eile über die Stufen fegten und die Spuren verwischten, waren die Ohren Augen im Rücken. Gerade tauchte sie den Lappen frisch in den Kübel, als der Herr Oberinspektor heraustrat. Drinnen die Näherin Grün hatte Schreikrämpfe.

»Wer wohnt hier!«, sagt der Oberinspektor gereizt und trat gegen die Türe Nr. 2.

»Hier wohnt der Kürschner Cibulka. Keine Spur, daß der jemanden eingelassen hat, Herr Oberinspektor! Der ist sehr heikel mit seinen Fellen, da kostet ein Stück hundert Schilling, sagt er immer. Nehmen Sie sich gar nicht erst die Mühe, vom ganzen Plafond hängen sie herunter, sie werden Ihnen auf den Kopf fallen!«

Der Oberinspektor klopfte den Kürschner Cibulka heraus. Ohne Umstände wurde in seine Werkstätte eingedrungen, der zweite Polizist wartete bei der Türe, mit erhobenem Gewehr.

»Lassen Sie das sein!« hörte Frau Schäfer den Cibulka drinnen sprechen, sie fuhr wieder ruhiger über die Stufen, die hatten beinahe wieder den alten

Glanz. »Wichtigkeit, sind eich paar Burschen ins Haus gelaufen, hätten sie sich vielleicht vor eire Kanonen stellen soll!«

»Maul halten! Bleder Behm!« schrie der Herr Oberinspektor.

»Bei uns in Praha schießen sie aber nicht auf die eigenen Leit!«

Hierauf wurde Herr Cibulka aufgefordert mitzugehen, er leistete aber Widerstand. »Ich fircht mich nicht«, schrie er.

Der Oberinspektor hatte die Wahl, eine große Beute mit einer kleinen zu vertauschen, und begnügte sich damit, Herrn Cibulka aufzuschreiben. Frau Schäfer war plötzlich ruhig geworden. Der Herr Oberinspektor stapfte in den ersten Stock hinauf, seine Begleiter folgten.

»Herr Oberinspektor, bitte klopfen Sie hier leise an, hier wohnt der Schuster Pfeidl, seine Frau liegt im Sterben, der Sohn ist ihr vorgestern erschossen worden, wie er aus der Kirche gelaufen ist. Mit ihr geht es zu Ende.«

»Aufmachen!« schrie der Herr Oberinspektor, und der Schuster Pfeidl leistete keinen Widerstand. Der Herr Oberinspektor sah die sterbende Frau, die einen blutbefleckten Männerrock in den verkrampften Fingern hielt. Etwas verstimmt trat er heraus.

»Klopfen Sie lieber bei fünf an, nur nicht bei vier«, sagte Frau Schäfer, ohne gefragt zu werden. Auf vier sind alle tot, der Mann und zwei Söhne. die Frau hat sich gestern erhängt, nur die Großmutter ist drin, die ist vor Kummer närrisch geworden. Sie wird ihnen nicht aufmachen, ihre Nichte kommt erst gegen Mittag.

Der Herr Oberinspektor wußte sofort, daß auf Nr. vier die Banditen versteckt waren; die beiden Polizisten sprengten die Türe auf. In dem kahlen Zimmer saß beim Fenster eine Greisin und blickte mit toten Augen auf die Eintretenden. Der Oberinspektor war aber auf diese Wohnung versessen und durchsuchte jeden Raum. Sogar im Abtritt sah er nach, ob sich dort nicht zehn Menschen versteckt hielten.

»Wer wohnt hier!« fragte er etwas gedämpft beim Heraustreten und wies auf Nummer fünf.

Die Hausbesorgerin sah dem Tod ins Auge. Die Gefahr war so groß, daß sie ganz ruhig wurde.

»Hier wohnt die Bedienerin Neumann. Sie ist den ganzen Tag in Arbeit, aber das Kind ist zu Haus, die Steffi. Ich kann sie gleich rufen, wenn sie mich hört, macht sie gleich auf.«

»Bah!« sagte der Herr Oberinspektor, dem die Vorstellung, ein Kind in Furcht und Schrecken zu jagen, nicht imposant war. »Lassen wir das. Zurück!« kommandierte er und stieg mit seinen Begleitern hinunter, ohne Frau Schäfer eines Blickes zu würdigen.

Und das war gut. Denn kaum hatte sich die Glastüre geschlossen, da sank die Frau auf den Stufen nieder.

Die Jungens verbrachten die Nacht in leisen Gesprächen, und der Arbeiter von Nummer fünf wachte mit ihnen und holte dann seine Schwägerin, die Hausbesorgerin, herein.

Am Morgen wurde die erste Taube mit einer

Milchkanne ausgeschickt. Viele Arbeiter gehen des morgens durch das riesige Gemeindehaus, und Nummer eins kam wohlbehalten durch. Der zweite trug eine Aktentasche. Eine Stunde später waren alle in Freiheit.

Der Seher

Zuerst näherte sich der Geruch. Es roch nach Haut, nach Seide und betörenden Essenzen. Der Geruch war furchtbar. Ohnmächtig lehnte sich Diego an die Wand des Hauses. Und jetzt näherte sich das Rauschen. Ein Klirren war vernehmbar. Ein nackter Arm bewegte sich an Seide, Diego hörte das Reiben der Hauthaare, ein Beutel wurde aufgerissen, Orangenblüten vermischten sich mit den Gerüchen, ein Geldstück flog herrisch in Diegos Hut. Gelassen schritten die hohen Säulen weiter.

»Das Glück der Erde!« rief ihr Diego nach, weil sie so schön war, die berühmte Putana von Sevilla. Sicher hatte sie heiße Lippen und eine hohe Brust.

Vom Hof des Hauses her rieselte monoton der Springbrunnen.

Ein Klappern, Röcke, Staub.

»Guten Morgen, Concha!« hätte Diego gern gerufen. Aber es ging nicht, denn er saß doch auf dem Straßenpflaster, den Hut neben sich. Zwar hätte es der Aufforderung nicht bedurft; die Concha warf jeden Morgen ihre Münze ein, wenn sie zum Markt ging. Ihre warme Hand roch nach Spülwasser.

»Du kommst in den Himmel, Concha!«

»Ein heißer Tag«, antwortete sie verdrossen im Weitergehen.

»Geduld. Im Tal des Todes ist es heißer.«

Er griff nach den Orangen, die Luis, sein Freund, für ihn vom Park geholt hatte, sie lagen dort unbeachtet wie Herbstblätter. Der Saft floß über sein breites

Gesicht, er wischte mit einem Tuch darüber. Ein kurzer schwarzer Schnurrbart war der einzige Mittelpunkt in den zerdehnten Zügen.

Ohne Ende rieselte der Springbrunnen.

Was waren das für junge Schritte? Die ging sonst nicht an ihm vorüber zum Markt. Geht sie zum Markt? Kein Zweifel, der Korb knistert, der Gang zeigt an, daß sie eilt und gleich verweilen wird. Sie steht vor ihm, sie klingelt mit einer Münze, sie träuft ihm Salbe mit Nelkengeruch in die Nase, sie kitzelt ihn mit einem Schleier, oder ist es der Saum ihres Ärmels?

»Den schönsten Freier, Kind!«

»Danke!« Und leichten Schrittes eilt sie weiter.

Englischer Tabak erinnert an einen warmen Kamin. Diego tastete nach dem Geldstück, das in seinen Hut flog, griff Silber, ließ die Münze aufs Pflaster fallen, um sich an ihrem Klang zu freuen und rief: »Thank you, Sir.« Solche Brocken kannte er. Der Engländer aber, der vorüber ging, schmunzelte bei unbeweglichen Lippen. Sitzt dieser Spanier da und spielt den Blinden, und im Nachhinein pfeift er darauf. So ist das Volk in Spanien.

Der Engländer dachte nobler als ein Türke, der vor kurzem vorüberging. Der holte einen Schutzmann und verlangte, daß der Betrüger verhaftet werde, der sich blind stellte. »Seht ihr denn nicht den weißen Streifen zwischen seinen Lidern?« fragte der Schutzmann erstaunt. »Er hat doch nicht einmal eine Augenfarbe!« – »Dann soll er sich nicht so patzig machen! Ist er blind, dann bleib er blind!«

Diese Antwort kränkte Diego. Und sein Freund

Luis aber, als er dies hörte, wollte den Türken sofort erschlagen gehen. Da wurde Diego streng. Gewiß, auch der Eifer hat seine Grenzen.

Diego hatten die Orangen den Magen gesäubert, und so zog er eine Tüte mit getrockneten Fischen aus der Tasche und wickelte frisches Brot aus. Ein Pfau schleppte sein Gefieder vom Park herüber und wartete auf Futterbissen, und jetzt ertönte Lärm vom Markt her. Da rollte es heran. Staub, Geschrei, ein Knäuel Menschendunst, der Pfau floh erschrocken. Vor Diego wurde haltgemacht.

»Der Seher soll entscheiden!« schrien die Sevillaner heftig. Und der Seher wickelte in überstürzter Eile seine Fische ein, wischte sich das Gesicht ab und gab sich Haltung, um zu verbergen, wie glücklich er sich fühlte.

»Sprecht der Reihe nach«, sagte er streng.

»Diese hier«, begann der Obsthändler Sanchez, der seinen Berg Orangen ruhig in Stich ließ, denn wer stiehlt in Sevilla Orangen, »diese hier ist Pastora, die Magd der Donna Consuela Gonsalez y Soto.«

Der Obsthändler schob ein junges Mädchen vor, dichte Wimpern saugten ihre Tränen auf.

»Sie sagt, das Tuch gehört ihr, es ist aus Seide, mit Blumen bestickt.«

»Wäre der Vater nicht gestorben«, begann jetzt Pastora, »ich hätte nie in den Dienst müssen. So aber kam ich in die Stadt, und die Mutter gab mir dieses Tuch vor der Zeit, denn es war mir bestimmt, wenn ich heirate.«

»Und da willst du es für den Markt umgeworfen haben! Wie trägt ein Mädchen deines Standes solch ein Tuch für den Markt!« Die Nachtkellnerin Blanca schrie es und breitete ein schwarzseidenes Tuch aus, es war mit rosa Chrysanthemen bestickt. Niemand stellte sie Diego vor, alle wußten, er erkannte ihre vom Rauch heisere Stimme.

»Ja, wie kommt es, daß du ein solches Tuch für den Markt umwirfst, erlaube, was sagt deine Herrin dazu?« fragte der Obsthändler Sanchez.

»Für die Herrschaft hab ich es doch umgenommen! Es ist heute ein Fest bei uns, der Señorito kommt heim und...« Pastora stockte.

»Erlaube, da kann man doch einfach das Tuch zu der Herrschaft schicken und fragen lassen, ob die Señora es kennt.«

»Sie kennt es nicht! Ich trag es doch zum ersten Mal! Heute, weil der Señorito heimkommt!« Pastora sah hilflos ins Leere.

»Da habt ihr es.« Die Nachtkellnerin Blanca sah jeden einzeln an und wurde verstanden. »Und wer hat dich auf dem Markt mit dem Tuch gesehen?«

»Niemand hat mich gesehen, ich zog es doch gleich über den Arm, damit niemand es anstreift. Dann legte ich es über den großen Tontopf, weil ich mit dem Töpfer Pepe ein Gefäß suchte, das meine Herrin bezeichnet hat, sie ist sehr genau. Und wie wir das Gefäß fanden, war das Tuch weg.«

»Ist sie dick, deine Herrin?« rief einer, und alle lachten.

»Ich werde das Tuch umwerfen, wenn ich es gestohlen habe«, sagte verächtlich Blanca, die Nachtkellnerin. Und die Umstehenden sahen Pastora an. Ihr Madonnengesicht sollte sie nicht täuschen, das sind die ärgsten Sünderinnen. Hätte die Blanca stehlen wollen, um Mitternacht lagen die Gäste unter dem Tisch. Ihre Brieftaschen waren mehr wert als ein Seidenschal.

»Es ist aber *doch* mein Tuch«, sagte Pastora.

»Willst du damit sagen, daß ich es gestohlen habe!« schrie Blanca.

»Ich will mir euch erst einmal ansehn«, mahnte Diego und wandte den Kopf genau in die Richtung Pastoras. Diese mußte sich, von den Leuten gestoßen, über Diego neigen. Seine sehenden Finger glitten über ihr heißes Gesichtchen und fühlten das Zucken der Kränkung bis in ihren zarten Hals hinunter. Leichter Nelkengeruch floß ihm in die Nase, und plötzlich erinnerte er sich eines Schleiers. Doch es war kein Schleier.

»Neig jetzt du dich zu mir, Kind!« Und er strich, als würde er sie salben, über Blancas hübsche Züge, die vom raschen Lachen und Weinen geschmeidig waren. Süßlicher Zyklamengeruch entströmte ihr. »Laß mir deine Hand, Blanca, und reich mir das Tuch. Feine Seide.« – Das Tuch, das strittige Tuch, roch nach Zyklamen, aber vertieft darin, darin alt geworden, war der zarte Duft von Nelken. Und dann haftete daran noch ein dritter Geruch.

»Ein feines Tuch! Du hast es vorhin über den Schultern getragen, Pastora, als du zum Markt gingst und mir diese Münze in den Hut warfst. Nimm dein Tuch!«

Pastora errötete glücklich.

»Erlaube, wie kann sie es getragen haben, Vater, wenn wir alle doch die Blanca mit dem Tuch über der

Brust von der Marktseite kommen sahen. Wir alle kennen doch die Blanca! Es sprach doch noch Manolito eine Weile mit ihr, wir neckten sie später darüber. Die von der Bazarseite, wo jenes Mädchen stand, haben nichts gesehen. Wie soll da die Blanca das Tuch gestohlen haben?«

»Sie hat es auch nicht gestohlen«, erklärte Diego.

»Was sprichst du, Vater, eine von den zweien muß es gestohlen haben!«

»Oder ein Dritter! Ruft diesen Manolito her!«

»Hölle!« Alle schrien durcheinander, keiner bemerkte das Erblassen Blancas, nur Diego bemerkte es, an den heftigen Pulsschlägen ihrer Hand. Er ließ sie los.

Ein zweiter Haufen wälzte sich heran. Sie schleppten Manolito herbei, der sich übermütig wehrte.

»Laß dich ansehn!« Diego streifte Manolitos schwitzendes Gesicht. Tabakgeruch blieb ihm an den Fingern kleben. Diego erkannte den dritten Geruch, den dritten Geruch an dem Seidentuch. »Wo hast du das Tuch her, das du der Blanca geschenkt hast?«

»Uff!« machte Manolito und stellte, ein stolzer Sünder, einen riesigen Tontopf hin, den er zärtlich im Arm trug. »*Ich* kaufe diesen Topf, ich gehe damit zur Marktseite, ich will ihn mit Erde füllen lassen. Da treff ich die Blanca, und wie ich sie seh, stülp ich den Topf über den Arm, um ihr zu winken und das Tuch fällt heraus. Die Blanca sieht es, schreit vor Freude, und ich schenke es ihr.«

Die Marktgesellschaft stand mit offenem Munde.

»Und hast du nicht bedacht, was du für Schaden

anrichtest?« Diego wies feierlich auf Pastora, als sähe er sie vor sich.

»Hätt ich gewußt, daß das Mädchen so schön ist...« begann Manolito mit Pathos, aber die Marktgesellschaft schrie ihm drein. »Hehe! Laß das! Man kennt dich! Laß das Mädchen! Weiberfresser! – Es lebe der Seher!«

Mit Hochrufen auf Diego stießen sie den wilden Menschen, der Pastora versengte und verschlang, vorwärts, während sich zwei Burschen der Blanca bemächtigten und sie gegen Manolito einzunehmen suchten.

Pastora blieb zurück. Sie sah, wie der Blinde weit die Lider öffnete, aber seiner Kraft setzten sich zwei weiße Scheiben lähmend entgegen. Er war aufgestanden und strich ihr über die Wange.

»Bist du um mich bekümmert? Dann trockne rasch deine Tränen, Kind, und merke, was dir der Seher sagt: Man entbehrt nicht, Pastora, was man nicht kennt.«

Geduld bringt Rosen von Veza Magd
Arbeiter-Zeitung, Wien 14.8.–22.8.1932 (in Fortsetzung)
Auch in: Dreißig neue Erzähler des neuen Deutschland. Junge deutsche Prosa. Hrsg. u. eingel. von Wieland Herzfelde, Berlin 1932

Der Sieger von Veza Magd
Arbeiter-Zeitung, Wien 29.6.1932

Der Verbrecher von Veza Magd
Arbeiter-Zeitung, Wien 31.8.1933

Der Neue von Martha Murner
Arbeiter-Zeitung, Wien 23.11.1933

Drei Helden und eine Frau von Veronika Knecht
Neue Deutsche Blätter. Monatsschrift für Literatur und Kritik. Prag – Wien – Zürich – Paris – Amsterdam. März 1934 – September 1934

Der Seher
Bisher unveröffentlicht.

Inhalt

Veza Canetti
Die Gelbe Straße
Roman

Mit einem Vorwort von Elias Canetti
und einem Nachwort von Helmut Göbel
Band 10914

In der Wiener *Arbeiter-Zeitung*, zu ihrer Zeit Österreichs am sorgfältigsten redigierte Tageszeitung, veröffentlichte Veza Canetti regelmäßig Geschichten, vor allem in der Wochenend-Beilage. Zum guten Teil handelten diese Beiträge vom Leben in der Ferdinandstraße im II. Wiener Gemeindebezirk. Dort wohnte, bis zum Beginn der Nazi-Zeit, die Mehrzahl der Wiener Juden; die Ferdinandstraße war bekannt dafür, daß dort vor allem Lederhändler, en gros und en détail, ihre Geschäfte hatten. In und vor den Geschäften stapelten sich Taschen, Koffer, Zaumzeug, Lederwaren aller Art - die Straße soll ganz gelb gewesen sein. Speziell aus dieser Straße, in der sie selbst lange gewohnt hat, berichtet Veza Canetti in ihrem Roman, über große und kleine Katastrophen - verunglückte Ehen, tyrannische Ehemänner, Mitgiftjäger, geldgierige Hausherren und ähnliche Prüfungen mehr. Der kleine Kosmos *Gelbe Straße* steht für die Welt. Knapp und pointiert, an Karl Kraus geschult, berichtet Veza Canetti - immer auf Seiten der Opfer - von den im Maßstab noch kleinen Brutalitäten, die geradewegs in die große Katastrophe des Zweiten Weltkriegs und der sogenannten Endlösung führen. Die Münchner *Abendzeitung* nannte das Buch »eine notwendige Entdeckung«.

Fischer Taschenbuch Verlag

fi 617 / 3